L'entreprise de demain

Pour un nouveau récit

L'éditeur tient à remercier Laurence Decréau
pour sa contribution précieuse à la mise en forme de ce manuscrit.

ISBN : 978-2-0802-4528-1

Antoine Frérot
Rodolphe Durand

L'entreprise de demain

Pour un nouveau récit

Flammarion

Introduction

Antoine Frérot,
président-directeur général de Veolia

L'entreprise, un bienfait aujourd'hui contesté

Je le crois, j'en suis convaincu : l'entreprise est un bienfait. Elle est une formidable construction humaine collective, qui crée de la richesse, et je n'en connais pas d'autre capable de le faire avec autant d'efficacité. Pour ceux qui y sont impliqués, pour tous ceux qui contribuent directement à sa bonne marche et que l'on appelle ses parties prenantes, l'entreprise est une richesse. Pour s'en convaincre, il suffit de constater le drame que signifie la fermeture d'une entreprise sur un territoire. La cessation d'activité de l'usine de Bridgestone, à Béthune, nous le rappelle cruellement. Aussi, cette richesse qu'est l'entreprise, il convient de la préserver.

Malheureusement, cette opinion est insuffisamment partagée. En ce début de XXIe siècle, l'entreprise subit une contestation systématique sur son rôle et sa contribution au bien commun ; sur sa capacité à préparer l'avenir et à prendre en compte des intérêts plus larges que ses seuls intérêts immédiats ; sur le montant, la répartition, voire le principe même du profit... Pas un jour ne passe sans qu'on l'accuse d'être égoïste, cupide, court-termiste ou polluante. À moins qu'on n'enraye cette vague de critiques qui sape sa légitimité à exercer son activité, l'entreprise se trouvera bientôt marginalisée, elle sera en péril, et avec elle, l'économie de nos sociétés.

Corriger l'image déformée que tant de personnes ont de l'entreprise, la défendre pour qu'elle puisse continuer de porter ses fruits, l'améliorer car elle n'est pas exempte de défauts, telle est l'ambition de ce livre. Nous vivons dans un monde où seul existe ce qui est perçu. Or le grand public a tendance à ne percevoir que les manquements de l'entreprise. Alors qu'elle a contribué à la prospérité du monde et singulièrement de la France durant des décennies, alors qu'y travailler a été synonyme de lien social entre les salariés, et bien plus souvent source d'émancipation que d'aliénation, l'entreprise passe trop fréquemment, en particulier dans notre pays, pour une nuisance. Si l'on n'infirme pas cette perception caricaturale et erronée, si l'on n'amende pas le jugement sévère que trop de citoyens portent sur elle, elle sera de plus en plus récusée.

Sans aucun doute, l'entreprise présente des insuffisances. Malgré celles-ci, elle produit des biens et des services qui satisfont des besoins réels, elle redistribue la richesse qu'elle crée sous forme d'emplois, d'achats auprès de ses fournisseurs, de paiement de taxes et d'impôts, de formation et d'insertion professionnelle... En cela, elle est d'intérêt général, et pas seulement d'intérêts particuliers.

Ce livre traite de l'entreprise qui est, mais surtout de l'entreprise qui sera. Car les temps changent, appelant une fois de plus les acteurs économiques à se transformer. Nous devons nous poser, sans complaisance mais sans malveillance, la question de l'entreprise de demain, celle de l'entreprise souhaitable et de l'entreprise possible, celle de l'entreprise qui saura relever les nombreux défis qui assombrissent l'horizon de ce siècle encore jeune.

Un moment charnière

Les générations actuelles vivent un moment de l'histoire humaine aussi déroutant que passionnant. Changement climatique, raréfaction des matières premières, mondialisation économique, mutations sociales, ruptures technologiques, bouleversements géopolitiques… la planète vit une spectaculaire redistribution des cartes de la croissance, de la puissance et de la prospérité. Emportées dans ce tourbillon que, par ailleurs, elles alimentent, les entreprises subissent de plein fouet cette accélération des rythmes économiques et technologiques.

Il faut remonter loin dans le temps pour observer pareille conjonction d'innovations radicales : technologies de l'information et de la communication, génie génétique, nanomatériaux, intelligence artificielle, énergies renouvelables... Ces évolutions invitent à créer, construire et entreprendre. Malgré la profusion de risques à maîtriser, la période qui s'ouvre est riche d'opportunités pour les entreprises.

Mais encore plus qu'avant, notre environnement économique et politique est volatil. Les causes en sont nombreuses : Brexit, politique américaine, ambition chinoise, montée des populismes, tentations protectionnistes, regain des tensions interétatiques, pandémie... La quasi-totalité des activités économiques sont exposées à ces bouleversements, dont les effets se diffractent dans l'espace et le temps. Ce qui est nouveau et déroutant pour l'entreprise, c'est l'imprévisibilité croissante du contexte dans lequel elle intervient.

Aussi bien n'a-t-elle pas le choix. Elle doit s'adapter. Faire du surplace dans un monde en pleine mutation, c'est se condamner à disparaître. L'avenir est toujours « sur les frontières » et ce sont ces frontières, celles de l'innovation technologique, économique, sociale et écologique, que les entreprises explorent avec vigueur. En saisissant ou en créant de nouvelles opportunités, elles ne sont pas toujours conscientes de la portée des évolutions auxquelles elles participent. Ce sont pourtant bien elles qui font l'histoire économique, comme le démontre un rapide survol du passé.

Plusieurs capitalismes se sont succédé au cours des siècles. Le capitalisme marchand naquit à Venise, puis le capitalisme industriel vit le jour en Angleterre. Aujourd'hui, le « capitalisme cognitif » s'étend sur tous les continents, de la Silicon Valley aux confins de la Chine. Le capitalisme n'est pas monolithique, il affiche des visages contrastés. Au gré de ces métamorphoses, l'entreprise, elle aussi, n'a cessé de se transformer, chaque capitalisme produisant la forme qui lui convient. Après l'entreprise patrimoniale du XIXe siècle, après la grande entreprise technico-managériale apparue au début du XXe siècle et qui a dominé jusqu'aux années 1970, l'entreprise actionnariale a surgi à partir des années 1980, puis elle s'est imposée à travers le monde. En vérité, il appartient à chaque société de choisir son capitalisme – plus social en Europe, plus dérégulé aux États-Unis, étatique en Chine… – et le type d'entreprise qui le représente.

Or, aujourd'hui, nous nous trouvons à un tournant. Depuis quelques années, le capitalisme actionnarial montre ses limites, et l'on assiste à l'émergence progressive d'un nouveau type d'entreprise. Marquées par des engagements environnementaux et sociaux de plus en plus prononcés – dans le cadre de la RSE, puis en France de la loi Pacte en 2019 – ces entreprises suscitent un engouement croissant. Je les qualifierais volontiers d'entreprises « à performance plurielle », en ce sens qu'elles visent une performance d'ensemble à la fois économique, environnementale, sociale, sociétale, etc., et non pas exclusivement financière. À travers ces entreprises d'un nouveau type se propagera peu à peu un capitalisme libéré des annonces de rentabilité irréalistes, un capitalisme plus utile et plus solidaire, plus patient et plus équilibré. Mais ce nouveau modèle ne pourra s'imposer que si on le promeut ardemment.

Un livre à deux voix

Je suis chef d'entreprise. C'est donc bien sûr d'abord en tant qu'homme de terrain que j'ai entrepris l'écriture de cet ouvrage, dans lequel sera çà et là évoquée l'expérience de Veolia, le groupe que j'ai l'honneur de diriger. Un groupe né à Lyon, pour apporter de l'eau saine aux populations et les protéger des épidémies d'origine hydrique qui ravageaient les villes il y a plus d'un siècle et demi, à une époque où Pasteur déclarait : « Nous buvons 90 % de nos maladies. » Un groupe dont les activités se sont élargies, au fil des décennies, à d'autres métiers, notamment liés aux déchets et à l'énergie, à d'autres clients, en particulier les industriels, et à d'autres pays. Un groupe historiquement français, naturellement européen, à vocation mondiale. Un groupe qui devient l'entreprise de référence de la transformation écologique, alors que jamais l'urgence environnementale n'a été aussi grande.

Mais je ne suis pas le seul auteur de ce livre, qui réunit deux voix : la mienne et celle de Rodolphe Durand, professeur de stratégie et de politique d'entreprise à HEC. Un dirigeant d'entreprise et un chercheur, un praticien et un théoricien, un acteur et un enseignant – deux auteurs, donc. Je connais Rodolphe Durand depuis plusieurs années et j'apprécie sa réflexion sur la gouvernance de l'entreprise, les marchés financiers, les ressorts de la compétitivité... En novembre 2016, déjà, avec d'autres dirigeants d'entreprises et professeurs, nous avions cosigné dans *Le Monde* une tribune titrée « Plaidoyer en faveur d'une "économie de marché responsable"[1] ». Primés par l'American Sociological Association, l'European Academy of Management et la Strategic Management Society, les travaux de recherche de Rodolphe Durand portent sur les sources de l'avantage concurrentiel et les déterminants de la performance des organisations. Nos approches diffèrent, mais nous nous retrouvons sur l'essentiel : l'entreprise en tant que bienfait, le nécessaire rééquilibrage des pouvoirs entre ses différentes parties prenantes, et l'élargissement des critères de mesure de sa performance. Dans un monde qui tend à privilégier l'entre-soi, les regards croisés sont utiles.

Écrire ce plaidoyer pour l'entreprise avec un représentant du monde académique lui confère une autre portée, car aujourd'hui comme hier, former les générations futures, c'est renouveler le monde. Mais à quoi les former et comment les former ? C'est un point crucial auquel ce livre apporte des éléments de réponse. Il est indispensable de faire évoluer l'enseignement, afin qu'il expose les multiples visions de l'entreprise ainsi que l'histoire de ses représentations et de ses modélisations, de façon à mieux préparer les futurs collaborateurs, managers et dirigeants. Ceux-ci doivent en effet être en phase avec les métamorphoses du monde économique et social, également avec les impératifs de préservation de l'environnement.

La vision élargie de l'entreprise

La vision élargie de l'entreprise que nous présentons dans cet ouvrage résulte de dialogues féconds avec des dirigeants, des responsables politiques, des salariés, des responsables associatifs, des chercheurs et des enseignants, qui se sont déroulés sur plusieurs années. En vérité, tout se déclenche en 2008. Pour Rodolphe Durand, c'est la création au sein d'HEC de l'Institut Society & Organizations, qui travaille sur l'économie inclusive, la transition énergétique et le leadership responsable. Pour ma part, c'est une réflexion amorcée au Centre culturel international de Cerisy-la-Salle, lors d'un colloque intitulé « L'activité marchande sans le marché ». Cette réflexion s'est poursuivie pendant plus d'une décennie, en particulier avec Mines ParisTech et le Collège des Bernardins, ou encore avec le groupe de travail sur l'économie positive, institué en 2013 par le président de la République française et piloté par Jacques Attali, ainsi qu'avec le Club des juristes, en 2018, dont j'ai eu le plaisir de co-présider les travaux sur le rôle sociétal de l'entreprise.

Comment résumer cette approche ?

Au commencement est la dénonciation d'une erreur, ce postulat selon lequel la propriété du capital entraîne la propriété de l'entreprise. De là est née une réflexion qui, en se développant, a permis de forger un cadre conceptuel, celui de la vision élargie de l'entreprise. Son axiome premier : quel que soit son secteur d'activité, l'avenir de l'entreprise passe par une plus grande utilité. Car une entreprise n'est prospère que si elle est utile. La recherche du profit n'est pas antinomique avec le service de la société. Mais le profit découle de l'utilité, et non l'inverse. En quoi l'entreprise est-elle utile ? À qui est-elle utile ? Telles sont donc les deux vraies questions. L'entreprise se doit d'y répondre, exprimant ainsi sa finalité et son identité profonde – « Dis-moi à qui tu es utile, je te dirai qui tu es ». Ce point acté, se dessine une entreprise d'un genre nouveau. Une entreprise plus équilibrée dans ses relations avec les parties prenantes et veillant à une meilleure prise en compte de leurs intérêts respectifs ; une entreprise source d'épanouissement pour ses salariés ; une entreprise dont la raison d'être dépasse les seuls objectifs économiques ; une entreprise plus solidaire de son environnement et des territoires dans lesquels elle est implantée.

Ne nous méprenons pas ! Cette vision n'a rien d'idyllique ni de naïf. Elle vise à étayer le soutien qu'apportent naturellement à l'entreprise tous ceux à qui elle s'avère utile, elle vise à lui offrir des alliés. Elle assoit l'entreprise sur des fondations plus solides pour lui permettre de se renforcer, de se muscler. C'est à cette seule condition que l'entreprise sera en mesure de faire face aux ruptures technologiques, à la pression des concurrents, au durcissement des normes et aux exigences de la société civile. Le monde des affaires demeurera rude et concurrentiel. Pas plus demain qu'aujourd'hui, il ne fera de cadeau. Car le capitalisme repose sur la compétition, qui force les entreprises à être les plus efficaces possible, à faire toujours mieux, à innover, sous peine d'être déclassées ou de dépérir. Déjà vive, la compétition entre les entreprises ne fera que s'amplifier au cours des prochaines décennies, avec la montée en puissance des pays émergents et de leurs acteurs économiques. Elle ne laisse aucune place aux entreprises bisounours, à supposer qu'il y en ait…

La vision de l'entreprise élargie prend en compte la réalité du monde des affaires et sa dureté. Elle ne s'affranchit pas des règles de l'économie de marché. Elle ne rejette pas la quête du profit, mais elle la subordonne à la quête de l'utilité. Ainsi n'exclut-elle pas, puisque c'est un sujet d'actualité, les opérations de croissance externe destinées à atteindre une taille permettant de mieux répondre à une demande mondiale. Elle n'interdit pas de rechercher une utilité plus grande pour toutes les parties prenantes à travers une opération de rapprochement industriel, comme celle engagée entre les groupes Veolia et Suez. Ce projet vise à créer le champion mondial de la transformation écologique, à inventer une partie des savoir-faire dont le XXIe siècle a tant besoin et à les déployer partout où cela est possible.

Certains ne se sont pas privés de dénoncer une contradiction entre une raison d'être considérée comme bienveillante et un rapprochement qui n'était alors pas souhaité par la direction générale de Suez. Bien au contraire, notre stratégie a recherché à maximiser l'utilité de chaque partie prenante. Aussi, définir un projet industriel dans le cadre d'une OPA en faisant référence à son utilité et son impact pour la société et en précisant l'intérêt que pourra y trouver chacune de ses parties prenantes laisse entrevoir l'émergence d'une volonté nouvelle pour l'entreprise et le monde à venir, qui évite l'écueil du seul profit pour l'actionnaire et celui d'une approche de la raison d'être de l'entreprise trop déconnectée de la concurrence internationale.

Avec ce livre s'esquisse donc un récit pour l'entreprise du XXIe siècle, une entreprise dépourvue des travers du capitalisme trop exclusivement financier, une entreprise plus consciente de son rôle dans la société, une entreprise au service de ses parties prenantes, autrement dit une entreprise plus utile et, je l'espère, plus aimée. Il n'est pas anodin que nous ayons commencé cet ouvrage lors d'une période exceptionnelle, celle de la pandémie de coronavirus qui a frappé le monde en 2020 et a bouleversé la vie des entreprises sur tous les continents. Pour l'écrire, Rodolphe Durand et moi nous sommes rencontrés une dizaine de fois entre avril 2020 et juin 2021, masqués et à bonne distance. Ce livre porte donc le sceau d'une crise impensable et impensée qui a vu, à son paroxysme, le confinement de près de la moitié de la population de la planète et l'arrêt synchrone de nombreuses économies du monde. Car oui, même au XXIe siècle, l'inconnu s'immisce dans la vie économique ; la destinée de l'entreprise s'en trouvera nécessairement remodelée. Nous en avons la conviction, ce bouleversement peut être salutaire, à terme, si nous le mettons à profit pour rendre à l'entreprise, par vocation pourvoyeuse de bienfaits, sa pleine utilité.

Partie 1

Haro sur l'entreprise

Pourvoyeuse de bienfaits ! Évidente pour nous, cette définition de la vocation de l'entreprise tend aujourd'hui à faire sursauter, quand elle ne soulève pas l'indignation. Chaque jour, le cahier de doléances s'allonge, des catastrophes écologiques dont se rendent coupables certains grands groupes, aux modes de gestion générateurs de plans sociaux imposés malgré des bénéfices, de fermetures d'usines, de burn-out de cadres surmenés… L'entreprise, entend-on de plus en plus souvent répéter, est ontologiquement viciée. Il faudrait en finir avec elle, ou du moins la mettre hors d'état de nuire par un contrôle étroit. C'est oublier un peu vite qu'il n'en fut pas toujours ainsi. Pendant des décennies, malgré d'inévitables conflits, l'entreprise fut aimée, considérée comme une richesse nationale dont les citoyens s'enorgueillissaient. C'est ignorer aussi que, juridiquement, seules existent des *sociétés*, avec leurs différents statuts. Pas l'entreprise en tant que telle.

Comment un objet de fierté a-t-il pu se muer en objet d'opprobre ? Quels mécanismes historiques expliquent cette spectaculaire mutation ? Et comment une entité sans existence juridique a-t-elle pu devenir un acteur clé du monde du travail ? Sans répondre d'abord à ces questions, il serait vain d'espérer établir notre vision de l'entreprise élargie.

Chapitre 1

Le divorce

En ce premier quart du XXIe siècle, l'opinion publique n'est pas tendre pour l'entreprise. Certes, les critiques du système capitaliste auquel l'entreprise est rattachée n'ont jamais manqué, portées tout au long du XXe siècle par de multiples penseurs et activistes. Mais, depuis quelque temps, c'est une autre affaire. Par-delà des clivages gauche-droite, c'est l'utilité même de l'entreprise qui se trouve remise en question, et les reproches sont nombreux.

L'entreprise cupide

Qui dit entreprise dit production de richesses, distribution de ces richesses, et donc contribution à l'intérêt général, ce dont ne doutait pas la majorité de la population des pays développés jusqu'à récemment. Or cette évidence n'en est plus une.

Alors que la richesse des 1 % les plus riches ne cesse de s'accroître depuis les trois dernières décennies, les revenus moyens du reste de la population stagnent. Les salaires et compensations de certains hauts dirigeants d'entreprises frôlent des sommets, entre les bonus qui accompagnent leur recrutement, les stock-options qui font de la Bourse leur principale boussole, et les parachutes dorés qui les attendent lorsqu'ils se font débarquer de leurs postes… quelle que soit leur performance de gestion [1, 2].

Quant aux actionnaires de ces grandes entreprises, chaque printemps, le montant des dividendes qui leur sont reversés donne lieu à des flambées d'articles indignés. D'autant que cet enrichissement va parfois de pair avec des vagues de licenciements dits « boursiers », ces coupes dans les effectifs pratiquées par des entreprises qui souvent se portent fort bien, à seule fin de faire monter le cours de la Bourse… Voilà décidément la preuve, répète-t-on à l'envi, que l'accumulation du capital ne bénéficie qu'à un petit cercle aussi avide que restreint. L'entreprise ne profite qu'à quelques-uns, dépossédant sans vergogne le reste de ses parties prenantes. Jusqu'à priver d'emploi ses salariés.

Si au moins de telles pratiques la faisaient prospérer ! ironise-t-on. Mais il n'en est rien. Soucieux d'empocher le plus vite possible le plus fort retour sur investissement, les actionnaires épuisent la chair vive de la bête, avant d'en rejeter la dépouille dès qu'elle n'a plus de sang. Jolie façon de préparer l'avenir...

Pour couronner le tout, voilà que de grands groupes numériques, pratiquant en virtuoses l'optimisation fiscale, se débrouillent pour payer leurs impôts dans certains paradis fiscaux, au détriment des pays où se dégage pourtant la majeure partie de leurs chiffres d'affaires. Privés de recettes qui leur seraient légitimement dues, les États restent impuissants.

Distribution de richesses, vraiment ?

L'entreprise irresponsable

1984. Bhopal, Inde. La nuit du 3 décembre, l'usine d'une filiale du groupe américain Union Carbide, producteur de pesticides, explose. Quarante tonnes d'isocyanate de méthyle se répandent dans l'atmosphère. Bilan : 12 000 morts et 300 000 malades. Union Carbide India est condamnée pour négligence ayant provoqué la mort. Déclaré fugitif, le PDG américain du groupe décède trente ans plus tard sans avoir été jugé.

2010. Golfe du Mexique. Le 20 avril, la plateforme pétrolière Deepwater Horizon, louée par la compagnie BP, explose, provoquant une marée noire sans précédent, qui répand 780 millions de litres d'hydrocarbure.

2015. Volkswagen, premier constructeur automobile allemand, est convaincu de fraude sur les tests antipollution de ses moteurs diesels. Les valeurs mesurées dépassent jusqu'à quarante fois les normes. Onze millions de voitures sont concernées. La fraude dure depuis 2009. Sept dirigeants seront inculpés.

Les responsables de ces catastrophes parmi d'autres dans une triste série ? De grandes entreprises, par leurs failles de sécurité, leur négligence, voire leur malveillance caractérisée.

Les eaux, la terre et l'air ne sont pas seuls à pâtir de cette irresponsabilité. Les populations, elles aussi, paient un lourd tribut.

Et le quotidien belge *Le Soir* de braquer le projecteur sur ces enfants pakistanais qui cousent à la main des ballons de football pour les compétitions internationales. Ils sont des milliers, ils n'ont pas quatorze ans, ils ignorent jusqu'au nom de Ronaldo. Pendant ce temps, à des milliers de kilomètres, on marque allègrement des buts[3].

Et les chaînes du monde entier de filmer à Dacca, au Bangladesh, les décombres du Rana Plaza et de ses ateliers de confection sous lesquels sont ensevelis les cadavres de plus de 1 100 employées. Pendant ce temps, à des milliers de kilomètres, on change de tee-shirt l'esprit serein.

L'entreprise vilipendée

Face à de telles aberrations, on ne s'étonnera guère de voir se multiplier les appels de la société civile, et les extrémistes gagner de l'élan. Avec une efficacité croissante, les représailles s'organisent. Menées par des ONG, les campagnes se déploient, toujours plus nombreuses et plus virulentes.

Pour avoir sous-payé quelque 2 000 employés noirs, la firme Coca Cola se voit contrainte, en l'an 2000, de verser 192,5 millions de dollars d'indemnisation. Pour avoir interdit l'accès de ses toilettes à deux clients noirs de Philadelphie, Starbucks se voit menacée de boycott et tente hâtivement de calmer le jeu en fermant ses 8 000 cafés aux États-Unis pour une séance de sensibilisation aux discriminations raciales.

Au-delà de ces réactions ponctuelles aux manquements de quelques entreprises, l'altermondialisme militant remet carrément en cause le principe même du profit, vilipendant la puissance démesurée et incontrôlée des grandes multinationales. Le sommet de l'OMC à Seattle est le premier à en faire les frais en 1999, éclipsé par les manifestations monstres de protestation dans les rues de la ville. Depuis, le mouvement ne cesse de s'amplifier.

Si bien qu'aujourd'hui, le divorce entre la société et la grande entreprise semble près d'être acté. Égoïste, cupide, court-termiste, polluante, irresponsable... C'est la légitimité même de l'entreprise à exercer son activité qui se trouve mise en cause. Or, si ces critiques sont fondées, ce n'est pas à l'entreprise en soi qu'elles s'adressent. C'est à l'image dépréciée qu'ont forgée d'elle les fautes de certains, en raison d'une dérive de l'histoire.

Au commencement était un vide juridique

C'est abusivement que les comportements désastreux évoqués plus haut sont imputés à « l'entreprise » en tant que concept. Ce ne sont là que les dysfonctionnements de certaines d'entre elles. Faire rejaillir l'opprobre sur l'ensemble des sociétés créées dans l'intention de réaliser une « entreprise commune » relève de l'injustice. Légalement, une SARL de quartier n'a rien à voir avec une société en commandite par actions, ou un empilement de holdings détenant des sociétés anonymes cotées !

C'est un peu comme si, sous prétexte que certains moyens de transport polluent, on rejetait en bloc tout type d'artefact conçu pour permettre le déplacement – les avions, les cargos, les paquebots, les SUV, les voitures électriques, mais aussi les trains, les vélos, les trottinettes, les charrettes et les voiliers. Il ne viendrait à l'idée de personne d'imputer l'augmentation du taux de CO_2 dans l'atmosphère aux véhicules dans leur ensemble.

Les désastres écologiques, sociaux et économiques que nous venons d'évoquer ne peuvent être niés. Et les dirigeants des sociétés multinationales incriminées portent la responsabilité, sinon toujours pénale, au moins morale de ces agissements. Mais pourquoi rejeter en bloc l'entreprise quand quelques sociétés seulement commettent des abus ? Comment de nombreux citoyens en sont-ils venus à honnir indistinctement toute activité économique à but lucratif ?

Si les attentes envers l'entreprise sont le plus souvent déçues, c'est que, tout simplement, ce concept n'a aucune existence aux yeux du droit. La société commerciale existe, oui. Pas l'entreprise.

« La *société* est instituée par deux ou plusieurs personnes qui conviennent par un contrat d'affecter à une *entreprise* commune des biens ou leur industrie en vue de partager le bénéfice ou de profiter de l'économie qui pourra en résulter », lit-on dans l'article 1832 du Code civil de 1804. On le constate, ce qui fait ici l'objet d'une définition juridique n'est pas l'entreprise, c'est la société. La première est naturellement évoquée, mais au titre d'initiative donnant lieu à la constitution de la seconde.

Les différents droits de chaque nation qui permettent de constituer, d'établir et d'enregistrer une *entreprise* permettent en réalité de déposer les statuts d'une *société*, laquelle peut prendre des formes très différentes, de l'EURL à la société anonyme au capital coté en Bourse, en passant par la société coopérative mutualiste et le groupement d'intérêt économique (GIE) réunissant des professions libérales. Ce que l'on nomme aujourd'hui « entreprise » par abus de langage recouvre en fait une multitude de sociétés, et donc de formes et de fonctions différentes. Si l'on revient à l'origine, le mot « entreprise » désigne seulement l'idée, l'initiative, le mouvement émanant d'une communauté de personnes, avec pour aboutissement la création d'une société. Avec le temps, l'idée originelle a été confondue avec le statut légal.

Le ver dans le fruit

En vérité, dès le départ, le ver était dans le fruit. L'article 1832 du Code civil est sans ambiguïté. La société, écrit-il, est constituée par les associés « en vue de partager le bénéfice ou de profiter de l'économie qui pourra en résulter ». C'est bien la preuve, dit-on, que la seule fin visée par les associés est le profit. Et leur unique moteur l'appât du gain. Allez vous étonner, ensuite, que lesdits associés se gorgent des bénéfices et des dividendes retirés de leur entreprise ! Les désastres écologiques ? La conséquence de négligences dues à des réductions de coûts sur le poste sécurité des sites de production. Les licenciements massifs, les conditions de travail dégradantes – enfants déscolarisés, femmes sous contrainte ? Le résultat logique de la course au profit. Les inégalités de traitement et de répartition de la richesse produite, les compensations délirantes de certains grands dirigeants ? L'application à la lettre de la loi – « partager le bénéfice », « profiter de l'économie qui pourra en résulter ».

C'est oublier un peu vite que les associés, tels que définis par la loi, ont d'abord en commun une « entreprise ». Or, l'entreprise – originellement « action de mettre en œuvre » – est un désir, un projet collectif, le fruit d'une énergie créatrice. Pour le réaliser, la société n'est qu'un moyen d'action.

Le cœur du malentendu est là. L'entreprise, dit-on, appartient aux actionnaires, qui tous sont animés de l'unique objectif d'en tirer le plus grand bénéfice, sans grand égard pour les conséquences écologiques ou sociales qui passent le plus souvent au second plan. Mais, si les actionnaires ont effectivement « affecté des biens », l'ont-ils fait pour *porter le projet commun de l'entreprise*, ou pour *se partager les profits générés par la société* ?

Clairement, c'est aujourd'hui la seconde réponse qui prévaut. Que s'est-il passé pour que le profit soit désormais perçu comme l'alpha et l'oméga du monde économique ? Pour que l'entreprise se soit diluée dans la société commerciale ?

Chapitre 2

Splendeur de l'entreprise actionnariale
(1980-2008)

Longtemps, depuis le XVIIIe siècle, l'industrie du cognac, comme tant d'autres industries locales, a reposé sur des entreprises familiales dont les maisons de négoce portaient le nom. Au cours des années 1980 et 1990, beaucoup d'entre elles ont changé de main. Hier encore entreprises familiales omnipotentes sur leur territoire, soudain, elles ne furent plus qu'une marque parmi tant d'autres au sein de grands groupes multinationaux cotés en Bourse : Seagram puis Pernod Ricard pour Martel, LVMH pour Hennessy, Bacardi pour Otard... Grâce à la puissance de leurs nouveaux propriétaires, elles ont certes conquis de nouveaux marchés. Mais la richesse générée s'en fut dès lors, en grande partie, dans la poche d'actionnaires qui n'habitaient pas la région.

Cet exemple pris au hasard résume assez nettement la mutation décisive qui s'est opérée dans le capitalisme à un moment de l'histoire. L'actionnaire lointain et anonyme occupe subitement le devant de la scène. Il devient l'incarnation de l'entreprise, une incarnation paradoxalement désincarnée. À lui sont imputées toutes les décisions. Délocalisation ? Les actionnaires. Licenciement collectif ? Les actionnaires. Coupes budgétaires ? Les actionnaires, encore.

Comment en est-on venu à identifier l'entreprise à ces actionnaires distants et inconnus, et ces derniers à des êtres assoiffés de profit ? Comment ce nouveau modèle a-t-il pu non seulement perdurer, mais s'imposer au monde entier ?

L'entreprise réduite à ses actionnaires, un modèle récent

Pour le comprendre, il convient de remonter dans le temps jusqu'aux Trente Glorieuses, cette période qui s'étend de la fin de la Seconde Guerre mondiale au premier choc pétrolier en 1973. En ce temps-là, les économies progressaient, le produit intérieur brut bondissait chaque année un peu plus, et les gouvernements déployaient des politiques protectrices pour leurs populations. L'Occident conquérait la planète, envoyant ses entreprises proposer leurs offres sur de nouveaux territoires toujours plus vastes.

Dans ce monde scindé en deux blocs par la guerre froide, deux visions politiques s'affrontaient, suscitant des tensions jusqu'au cœur des usines et des universités. Dans les usines de France, d'Angleterre, des États-Unis aussi, des syndicats puissants obtenaient de nouveaux droits, et dans les rangs des patronats nationaux, le désir montait de mettre le holà aux demandes croissantes des salariés. Pendant ce temps, à l'université, un grand mouvement de fond secouait le domaine de l'économie. Régnant jusqu'alors sans partage, la macro-économie – celle des États, des budgets, de la monnaie, de l'inflation – voyait de nouveaux courants apparaître, nourris par l'afflux de statistiques nationales de plus en plus précises sur les industries et les entreprises. Un intérêt nouveau se portait vers la formation des prix dans le secteur industriel, les transactions entre fournisseurs et clients, la prise de décision stratégique au sein de grands groupes aux multiples divisions et produits. La micro-économie prenait son essor.

C'est dans ce creuset que naquit la « théorie de l'entreprise » de Milton Friedman, chef de file de l'école de Chicago. Une théorie économique, assurément, mais articulée autour d'une vision politique, et défendant une conception particulière du rôle de l'activité économique dans le concert des activités humaines. Au cœur de cette théorie campe l'opposition aux politiques de relance budgétaire par les États et à l'extension de la sphère publique, jugée moins productive que l'initiative privée. Son argument :

l'efficacité ! La décision centralisée, affirment Friedman et consorts, sera toujours trop lente et trop impécunieuse, comparée à la coordination des initiatives et entreprises engagées par des individus libres qui s'associent en sociétés, et dont le marché organise efficacement les échanges. Pas de New Deal ni d'État providence ! Place à la liberté d'entreprendre pour ceux qui le désirent, et à la liberté de choisir pour les consommateurs.

Au cours des années 1950 et 1960, Milton Friedman développe sa théorie et en énumère les conséquences au niveau des politiques publiques, notamment pour la monnaie – taux de change flottants entre devises – et pour la concurrence. Au cœur de cette conception de l'activité économique, la notion d'entreprise est fondamentale.

Or justement, à cette même période, les entreprises changent de nature, et avec elles le tissu industriel. Le monde d'avant la crise de 1929 et les deux guerres mondiales, marqué par la présence des familles de fondateurs d'empires économiques au style patriarcal, s'efface peu à peu. De plus en plus, des professionnels de la gestion prennent les rênes des décisions opérationnelles. Entre les deux types de patronat, le fossé se creuse. D'un côté les héritiers de ces sociétés commerciales florissantes, souvent liées à d'importantes commandes publiques ; de l'autre les professionnels du management, ouvrant de nouveaux marchés grâce au développement des échanges internationaux, et multipliant les inventions au sein de leurs labos de R&D pour la plus grande joie des consommateurs.

La vision actionnariale de l'entreprise – ce que nous appellerons ici « l'entreprise actionnariale » – bâtie par Milton Friedman et ses épigones s'inscrit fort logiquement dans le prolongement de la vision libérale du fonctionnement de l'économie. Pour l'école de Chicago, l'entreprise appartient aux seuls actionnaires. Son but est de maximiser ses profits, et donc la valeur qui revient à ses propriétaires, les actionnaires [1]. Cette théorie se fonde sur deux axiomes :

1. La poursuite de l'intérêt de l'entreprise est égale à la poursuite de l'intérêt des actionnaires ;
2. La poursuite de l'intérêt de l'entreprise aboutit à un optimum économique pour l'ensemble d'une économie, qui lui-même permet d'atteindre un optimum social.

Si l'on conjugue ces deux axiomes, la recherche du profit par les actionnaires conduit donc à un optimum économique et social. Cette théorie trouve un terrain à sa mesure dans les années 1970, quand des événements macro-économiques majeurs déséquilibrent les comptes publics et font s'envoler l'inflation, décrocher les devises, et apparaître le chômage de masse. Après des décennies de triomphe, l'État providence révèle sa faille – le temps de l'État planificateur et pacificateur semble bien révolu. Tout converge pour asseoir la vision friedmanienne. Place au nouveau modèle qui promet de si beaux lendemains !

Les cabinets de conseil américains entrent dans la danse, popularisant les outils de gestion. Ils entament bientôt leur internationalisation, répandant dans le monde la vision actionnariale de l'entreprise[2]. Face à la concurrence de multinationales efficacement gérées par des professionnels du management, les entreprises domestiques dirigées à l'ancienne font désormais bien pâle figure... Parallèlement, la finance se professionnalise. Dans le sillage de Friedman, d'autres *Chicago Boys* raffinent des modèles de fonctionnement de marchés financiers, contribuant à l'invention et à la valorisation des options d'achat et de vente d'actifs sur des marchés spécifiques. Nul ne s'aviserait de nier que pour prédire l'évolution des valeurs, les ordinateurs sont plus fiables que le nez et l'expérience des briscards du monde financier d'antan... Dépités, ces derniers quittent la corbeille, pour se voir remplacés par de jeunes loups férus de mathématiques et d'informatique.

Ainsi, c'est contre une pensée économique fondée sur l'État providence, l'entreprise patriarcale et la puissance des syndicats, que s'érige l'école de Chicago. Ses travaux tombent à point nommé : dans les années 1970, entre un pouvoir impuissant et des syndicats revendicatifs, l'Angleterre est encalminée ; sous la présidence démocrate de Jimmy Carter, les États-

Unis souffrent économiquement ; la France, quant à elle, prépare l'Union de la gauche, mariage du communisme et du socialisme... Dans un tel contexte, bien des décideurs économiques et politiques partagent l'idée que la croissance et le bien-être général passent par d'autres modes de coordination économique. Marché libre, prix libres, choix libres... L'entreprise appartient aux actionnaires qui, en maximisant leurs profits, font le bien de la société. C'est simple !

À ceci près que l'« entreprise » n'existe pas, que tant de sociétés aux statuts juridiques différents ne peuvent être regroupées sous un même label réducteur. Et que chaque entreprise a un intérêt social qui lui est propre, lequel n'est pas nécessairement le seul profit et ne coïncide pas toujours, tant s'en faut, avec l'intérêt de ceux qui détiennent une partie de son capital.

Les raisons d'un succès planétaire

D'où vient que le modèle simplificateur, voire simpliste, de l'entreprise actionnariale, ait su s'imposer comme une évidence ? Au point que les zélateurs du libéralisme le plus total comme les opposants au capitalisme les plus acharnés s'accordent à y déceler la définition véritable de l'entreprise ? Nous y voyons trois raisons principales. Prises isolément, elles n'ont qu'une force relative. Mais, réunies, elles emporteront l'assentiment du plus grand nombre, des décideurs économiques et politiques jusqu'aux peuples entiers.

Les dirigeants politiques s'y sont convertis

Si les thèses de Milton Friedmann et de l'école de Chicago ont mis du temps à s'imposer, elles doivent leur extraordinaire diffusion à deux chefs d'État, Margaret Thatcher et Ronald Reagan.

Revenons aux années 1970, période où tout se joue. En Allemagne, le modèle du capitalisme rhénan fait florès, permettant à la RFA de rebâtir un pays à neuf grâce à un équilibre entre les territoires, les syndicats, et les propriétaires qui président aux destinées de grands groupes. Pendant ce temps, de l'autre côté du rideau de fer, l'économie de la RDA végète. En France, le rêve gaullien brille de ses derniers feux, et son économie planifiée de grands projets met en exergue son génie industriel. En 1972, à Marseille, Antoine Riboud, patron de BSN, l'ancêtre de Danone, prononce un discours mémorable lors des assises nationales du patronat français. Il développe une vision de l'entreprise dans laquelle le pouvoir est partagé, et où les considérations sociales sont au cœur du projet économique[3].

Mais cette conception du capitalisme sera frappée de plein fouet par les politiques économiques que mènent les Américains et les Britanniques sous Reagan et Thatcher. En soutenant fermement le modèle de l'entreprise actionnariale, ces deux figures marquantes réussissent à convaincre le monde entier de sa pertinence et de son efficience. L'économie européenne elle-même s'en trouve influencée, certes, dans une moindre mesure que sur les autres continents. Dès lors, la parole des grands patrons éclairés, tels Antoine Riboud, François Dalle chez L'Oréal, Olivier Lecerf puis Bertrand Collomb chez Lafarge, Jean-Marie Descarpentries chez Bull, cesse d'être audible.

Il est vrai que les deux chocs pétroliers de 1973 et 1979, en ébranlant l'économie mondiale, ont obligé les entreprises à se restructurer et à couper dans leurs coûts, ce qui a contribué à faire le lit de la vision actionnariale de l'entreprise. Dans de nombreux pays, les dirigeants sont convaincus que les syndicats ont trop tiré sur la corde, que les entreprises vont mal, et qu'il convient de redresser la barre. L'exemple français est à ce titre frappant, avec l'arrivée des socialistes et des communistes au pouvoir. Si le premier septennat de François Mitterrand s'ouvre sur l'avancée des droits des salariés, les déconvenues économiques qui s'enchaînent parallèlement – baisse de la croissance, chômage de masse, inflation, trois dévaluations du franc en trois ans, de 1981 à 1983 – le poussent très vite à tourner casaque. Aux nationalisations d'entreprises et de banques succède presque aussitôt leur privatisation, politique menée à partir de la cohabitation de 1986.

Indépendamment des étiquettes politiques de leurs dirigeants, pour ces différentes nations, la relance économique semble se trouver du côté de l'offre et de l'incitation à entreprendre. D'où les nombreuses politiques de dérégulation dans des secteurs tels que les télécoms, les médias et divers services. De nouvelles figures d'entrepreneurs emblématiques émergent, de Bernard Arnault à François Pinault, que leurs destinées ont conduits aujourd'hui dans l'univers du luxe, des frères Benetton en Italie à Richard Branson au Royaume-Uni.

La décennie 1980 s'achève avec la chute du mur de Berlin et l'ouverture soudaine de nouveaux marchés où la concurrence et l'entreprise n'existent pas encore. Les jeunes chefs d'entreprises prêts à en découdre semblent mieux adaptés à ce contexte inédit que les patrons et fonctionnaires prudents de la vieille génération. Que s'ouvrent les marchés, que fleurissent les entreprises, et que les actionnaires s'enrichissent ! Après tout, cette richesse ne reviendra-t-elle pas aussi à la nation, sous forme d'emplois, de salaires et de taxes ?

Une efficacité opérationnelle démontrée dans un premier temps

L'une des vertus du modèle actionnarial de l'entreprise est qu'il sépare clairement les responsabilités.

D'un côté les propriétaires-actionnaires, de l'autre leurs agents, les gestionnaires et managers. Cette vision de la relation entre les actionnaires et leurs agents porte le nom de « théorie de l'agence ».

Que veulent les propriétaires-actionnaires ? De l'efficacité économique, un retour le plus élevé possible sur leur investissement, notamment sous forme de dividendes. Pour obtenir ces résultats, ils ont besoin de leurs agents – des professionnels de plus en plus rodés à la compréhension des facteurs permettant d'accéder à des économies d'échelle, à la gestion et à l'organisation de processus de production complexes entre des fonctions multiples éparpillées dans plusieurs pays.

Avec l'irruption de ce nouveau modèle, la gestion à l'ancienne des entreprises, plus patriarcale et patrimoniale, favorisant le dialogue social avec les syndicats et cultivant les relations avec les pouvoirs locaux, prend soudain un coup de vieux. Tout devient tellement plus simple. D'un côté les actionnaires qui investissent leurs deniers dans les secteurs et dans les entreprises où la rentabilité semble la meilleure ; de l'autre les exécutants, managers focalisés sur l'efficacité opérationnelle de l'entreprise dans le but de délivrer la performance la plus haute.

Pour que l'économie fonctionne mieux, les actionnaires doivent poursuivre leur intérêt, en l'occurrence la maximisation de leur profit. Qui dit maximisation des profits dit meilleurs retours possibles sur investissement, donc managers experts. Et l'actionnaire de s'interroger pour savoir comment attirer dans son entreprise les managers les plus chevronnés, comment obtenir d'eux qu'ils la dirigent avec le plus fort taux de rentabilité.

La réponse s'impose vite, d'une logique imparable : il faut lier leur rémunération au profit de l'entreprise par des incitations venant s'ajouter à leur salaire. À quoi bon chercher à développer les meilleurs produits technologiquement avancés, s'ils ne se vendent pas aussi bien que des produits moins avancés mais à plus forte marge ? À quoi bon dilapider l'argent de l'entreprise sous prétexte « de réduire les inégalités excessives », pour reprendre les mots d'Antoine Riboud à Marseille en 1972[4] ? À quoi bon s'aventurer dans des diversifications douteuses, à la façon des conglomérats des années 1960 ? Pour obtenir le bénéfice le plus élevé possible, il faut et il suffit que ses dirigeants profitent eux aussi de la richesse qu'ils produisent pour les actionnaires. Ainsi s'alignent complètement les intérêts mutuels d'enrichissement des deux parties, actionnaire-propriétaire et agent. Le premier est payé par l'accroissement de la valeur de l'action qu'il détient et par les dividendes qu'il reçoit, le second par des salaires toujours plus élevés et par des stock-options ou autres mécanismes financiers plus ou moins indexés sur la performance de l'entreprise.

Quand un patron est assuré de pouvoir revendre ses actions dans trois ou quatre ans s'il a réussi, par exemple à doubler leur valeur à cette date, il n'a plus qu'un seul but : atteindre cet objectif, pour la plus grande satisfaction de ses actionnaires.

Soyons justes. Il convient de reconnaître que le potentiel de compétitivité et d'innovation des sociétés gérées selon cet esprit dans les décennies 1980, 1990 et 2000 fut bien supérieur à celui d'autres modes de gestion. C'est ce qui en a assuré le succès. Au niveau micro-économique, d'abord. Mais aussi au niveau macro-économique, puisqu'une grande partie des populations des pays en développement sont sorties de l'extrême pauvreté entre 1990 et 2015, le taux passant de 41 % à 18 %.

Seulement voilà : vingt ou vingt-cinq ans plus tard, une fois la maximisation des profits bien installée dans les pratiques, il est apparu que l'accroissement de richesses créées selon le modèle strictement actionnarial bénéficiait aux plus pauvres des plus pauvres, mais surtout aux plus riches, laissant de côté les strates intermédiaires[5]. Délocalisations, baisse du coût du travail – grâce notamment à l'ouverture des pays d'Asie –, digitalisation de nombreuses tâches… Avec ces pratiques adoptées par de nombreux grands groupes, les classes moyennes ne parviennent plus à maintenir leur pouvoir d'achat. Et encore moins les classes populaires et ouvrières. Le second axiome de l'entreprise actionnariale se trouve ainsi aujourd'hui démenti. L'optimum social n'est pas atteint, les fruits de la croissance n'ont pas été redistribués équitablement.

L'aval de l'enseignement supérieur

Ces hommes politiques, ces dirigeants, ces hauts fonctionnaires à la tête des banques qui financent l'économie, ces managers recevant des rémunérations deux, trois, ou dix fois supérieures parfois à celles de leurs prédécesseurs, pourquoi sont-ils tous convaincus de détenir enfin la vérité en termes de conduite du business ? Parce que cette vérité a reçu l'onction de l'enseignement supérieur.

La théorie de Friedman présente des avantages auxquels il est difficile de résister. Tout d'abord, elle est simple. Simple à expliquer, simple à modéliser, simple à enseigner. En outre, elle s'articule à merveille avec d'autres modèles économiques expliquant de nombreux comportements d'entreprises – sur l'endettement et la structure du bilan, l'innovation ou la performance financière – ainsi que la structure des marchés, y compris les problèmes de concurrence et de régulation des échanges.

Ensuite, du fait de sa simplicité et de sa compatibilité avec d'autres modélisations économiques, elle permet de transmettre efficacement tout un ensemble d'outils mathématisés qui facilitent la prise de décision. Quel projet privilégier parmi plusieurs ? Pour le savoir, il suffit de calculer la valeur actualisée des divers projets et leurs contributions respectives aux capitaux employés. Celui qui a un plus fort retour sur capitaux employés devra être choisi. En vertu de l'axiome n° 1, puisque ce projet maximise la valeur pour l'actionnaire, il maximise aussi la valeur de l'entreprise et, selon l'axiome n° 2, améliore donc le bien-être de l'ensemble des parties impliquées. C'est le meilleur projet, impossible d'en douter.

Les données d'entreprises devenant de plus en plus abondantes, on a rapidement pu juger sur pièces du résultat. Et il est apparu qu'en alignant les incitations reçues par les managers avec les intérêts des actionnaires, la performance financière des entreprises s'améliorait significativement. Tout concordait.

C'est ainsi que les professeurs de management, de stratégie d'entreprise et de finance, ont majoritairement été éduqués dans cette philosophie. Chacun à sa façon, à grand renfort de modèles et de preuves empiriques, a diffusé cette vision simplifiée de l'entreprise. Par leurs recherches et leur enseignement, ils ont ensemble forgé une nouvelle génération de patrons, hérauts de ce même modèle. En l'an 2000, rien qu'aux États-Unis[6], le nombre de diplômés d'un Master of Business Administration s'élevait à 100 000, contre seulement 5 000 en 1961, soit la plus grosse croissance jamais observée dans l'enseignement supérieur. L'Academy of Management, société savante au rayonnement mondial dans les domaines de la stratégie d'entreprise et du comportement des organisations, forte de 400 membres en 1960, en comptait 11 000 en 2000, et 20 000 aujourd'hui, qui représentent 120 pays[7]. Même s'il est évident que tous les professeurs de management n'épousent pas cette approche, loin s'en faut, notre idée est ici d'illustrer la formidable expansion des sciences économiques et de gestion au cours des décennies récentes, et dire que cette croissance a permis une diffusion à grande échelle de certaines visions de l'entreprise, aux premiers rangs desquelles, la vision actionnariale et la théorie de l'agence parmi d'autres.

La vision simplifiée de l'entreprise favorise la sélection d'étudiants aptes à résoudre des problèmes rapidement, à l'aune d'une seule métrique, grâce aux nombreux outils conceptuels et pratiques – logiciels et manuels – mis à leur disposition. Des étudiants dotés d'une « pensée convergente », de la faculté de trouver *la* solution optimale au regard d'un ou plusieurs critères. Ce type d'intelligence fait la part belle aux mathématiques, à la mise en chiffres et en équations des réalités humaines et sociales. À l'opposé de la « pensée divergente », elle ne cherche pas à décomposer un problème en fonction de points de vue multiples, à proposer plusieurs réponses selon des objectifs variés[8]. Plus rapide, plus efficace, plus pragmatique, elle facilite la prise de décision en réduisant la complexité d'une situation à une dimension principale : la rentabilité du capital.

On comprend dès lors l'essor des disciplines du management et des écoles de commerce. Historiquement, il y avait urgence à sortir de la crise et retrouver la croissance économique. Cette urgence a permis de diffuser le plus largement possible la vision actionnariale de l'entreprise. Car avec cette théorie, il devenait moins nécessaire de passer par le droit, la sociologie ou autres disciplines faisant appel à la réflexion divergente et à la délibération. Il suffisait de quelques enseignements aux conséquences pratiques directes pour non seulement définir cet objet fuyant qu'est l'entreprise, mais donner les moyens de la manager.

Progressivement, les champs disciplinaires de l'économie, de la finance et du management ont donc élargi le chemin tracé par la vision actionnariale pour en faire l'avenue principale. À mesure que les entreprises ainsi gérées généraient effectivement de meilleurs retours sur investissement, la preuve était apportée que la théorie était fondée, qu'elle produisait les effets escomptés. C'est ainsi que des générations de chercheurs furent non seulement entraînés à cette théorie, mais incités à la développer sans cesse davantage, et que des générations de futurs décideurs économiques et financiers quittèrent leur école de commerce avec ces bagages basiques et puissants, les mêmes pour tous. La mondialisation de secteurs économiques entiers, et en premier lieu de la finance dans ses différents métiers, n'a fait qu'amplifier le phénomène. Sur toute la planète s'est déployée une nouvelle *lingua franca*, celle de la maximisation de la valeur actionnariale comme référence intangible des décisions stratégiques des entreprises.

L'effondrement du modèle soviétique ouvrait, en outre, un boulevard à cette théorie. Il fallait former de nouvelles élites en Amérique latine, en Europe et en Asie. Pour sortir de la vision administrée et faillie de l'économie, quoi de plus simple et efficace que de s'emparer du modèle actionnarial pour l'appliquer à grande échelle ? Entre 1990 et 2010, des milliers de professeurs propagèrent ce modèle, formatant les étudiants et futurs dirigeants. Par-delà les frontières nationales, cette vision, ces outils, ce langage ont déferlé, trouvant à s'appliquer dans les contextes les plus variés – industriels, sociaux et politiques.

Il est indélicat de reprocher à une théorie ce qu'elle ne cherche pas à démontrer. On ne fait pas grief à la théorie de l'évolution biologique de ne pas expliquer si telle technologie est meilleure que telle autre, ce n'est pas son objet d'étude. De même, accuser la théorie de la maximisation de la valeur actionnariale d'être la cause de tous nos maux n'a guère de sens. Elle ne fait que modéliser, sous certaines hypothèses et certains postulats, des conséquences observables dans un domaine donné. Or, le périmètre de ces conséquences n'inclut pas l'impact des activités de l'entreprise sur les ressources naturelles, la biodiversité, ou sur les inégalités de revenus… Les décideurs qui agissent en son nom n'en sont évidemment pas pour autant exonérés de leurs responsabilités. Mais c'est une autre affaire.

Malgré ses mérites, la vision actionnariale de l'entreprise contient des simplifications réductrices déconnectées de la réalité actuelle. Les habitants du monde entier et la planète elle-même en subissent aujourd'hui les conséquences. Si leur indignation, qui éclate partout, est justifiée, elle se trompe de cible en vouant l'entreprise aux gémonies.

Chapitre 3

La décennie pivot : le déboîtement du modèle de l'entreprise actionnariale *(2008-2020)*

C'est tout le projet politique de nos sociétés qui s'est trouvé redéfini par la conception simplificatrice et erronée de l'entreprise, réduite au seul axiome n° 2 : maximiser la valeur actionnariale permet de garantir la meilleure satisfaction des consommateurs et de la société tout entière. À chacun sa sphère. Aux entreprises et au marché, le business et le profit ; au public, des États aux petites collectivités, ce que la sphère économique ne peut satisfaire en y trouvant son compte. Par vagues successives, la doctrine friedmanienne s'est ainsi imposée à des pays et des secteurs d'activités de plus en plus nombreux, gagnant même la santé, la culture et le sport.

C'est alors que l'économie mondiale a été frappée de plein fouet par deux crises successives. Ce fut d'abord, en 2008, la crise dite « des subprimes », ces désormais tristement célèbres prêts immobiliers américains. Laquelle s'est muée, en 2010, en une crise de l'euro qui a mis en péril de nombreux pays européens, principalement la Grèce, l'Italie, et l'Espagne. L'année 2008 marque probablement le début de la fin d'une vision un peu irénique d'un certain capitalisme. Si cette vision pouvait encore s'accommoder des crises écologiques, sociales et économiques, en 2008, la ligne jaune a été franchie.

Avec les chocs financiers et monétaires de 2008-2010 s'amorce une phase de remise en question. Quant à la crise de la Covid-19, elle devrait, selon nous, borner l'entrée dans une nouvelle ère du capitalisme. Aussi peut-on considérer la « décennie pivot » 2008-2020 comme un moment charnière. Pendant ces douze années, des subprimes à la pandémie, s'est enclenché un mouvement inéluctable conduisant au déboîtement des axiomes simplificateurs de l'entreprise actionnariale.

En voici les caractéristiques principales.

Retour du refoulé : le droit reprend ses droits

Nous l'avons dit, l'idée que l'entreprise appartient à ses actionnaires ne tient pas en droit : les actionnaires sont, certes, propriétaires des actions, mais pas de l'« entreprise ». Enterrée pendant des années par les coups de pelle de la doxa de l'école de Chicago, cette vérité refit surface quelques années après les deux crises des subprimes et de l'euro, sous l'impulsion de professeurs de droit, parmi lesquels Lynn Stout, aux États-Unis. Paru en 2012, son ouvrage *The Shareholder Value Myth*[1] (« Le mythe de la maximisation de la valeur actionnariale ») fit grand bruit non seulement outre-Atlantique, mais également en Europe. En droit, à proprement parler, l'entreprise n'a pas d'existence, assure la professeure Stout.

Car primo, pour exister, elle doit s'appuyer sur une ou plusieurs sociétés, dont la forme juridique peut être très variable… et ne privilégie pas nécessairement l'actionnaire. Secundo, l'entreprise est une organisation accomplissant une activité économique[2]. Or, les droits de propriété des actionnaires ne portent que sur les actions qu'ils détiennent, pas sur l'intégralité de la société. C'est cette dernière qui est propriétaire des actifs, des machines, des marques, etc., permettant d'exercer l'activité économique en question.

Pour qui peinerait à s'en convaincre, un point de droit illustre bien ce fait : l'abus de bien social. Qu'entend-on par abus de bien social ? Le fait que les propriétaires ou mandataires de l'entreprise s'approprient, contre l'intérêt de la société, quel que soit son statut juridique, des biens qui devraient lui rester pour lui permettre de poursuivre son activité de façon satisfaisante et perdurer. Un cas limite en témoigne, celui d'une entreprise qui se trouve en difficulté, avec une trésorerie l'autorisant tout juste à payer ses fournisseurs et ses salariés, sans dégager aucun profit. Selon la loi, c'est à ces derniers que doit aller l'argent en priorité, et non aux actionnaires, dont l'intérêt passe en dernier. En droit, l'intérêt de l'entreprise est donc séparé de celui des propriétaires des actions. Preuve qu'il existe une différence de nature entre la « société » et les « associés », et entre l'intérêt de la société et celui des détenteurs des actions.

Si ces modèles efficients d'évaluation et de décision se sont avérés fort utiles pour développer la théorie de l'entreprise actionnariale, l'axiome simplificateur qui assimile les deux – société et associés – est non fondé juridiquement[3]. En outre, en confondant l'entreprise avec la ou les sociétés qui la constituent, et en ne la distinguant pas de ses actionnaires, il exclut de l'analyse toutes les autres parties impliquées dans l'activité économique qu'elle engendre. L'accroissement de la richesse[4] générée par l'activité de l'entreprise revient intégralement aux actionnaires. Or, les autres parties prenantes ont elles aussi contribué à cet accroissement, et elles sont donc légitimes à en attendre un retour... Ces remarques montrent en creux les raccourcis préjudiciables qu'induit la simplification opérée par la vision friedmanienne.

Le vice récompensé : ce que met au jour la crise de 2008

La crise des subprimes était une crise financière. Or, il faut bien comprendre que l'évolution des marchés financiers, dans les décennies précédentes, s'était entièrement articulée autour de la vision friedmanienne de l'entreprise. Ce qu'a mis à nu la crise de 2008 est la déconnexion totale entre les incitations orchestrées par les différents intermédiaires du monde de la finance et les conséquences concrètes de leurs choix.

Reprenons depuis le début le scénario et ses acteurs.

– D'un côté de la chaîne, des foyers américains à la recherche de crédits immobiliers pour acquérir leur logement.

– À l'autre extrémité, des individus qui placent leur épargne, ou la trésorerie des organisations qu'ils représentent (collectivités publiques, fonds privés, entreprises), dans des produits financiers apparemment standard.

– Entre les deux, un ensemble d'intermédiaires fera en sorte de satisfaire les besoins de ces deux parties pour en tirer le profit maximal.

Un premier groupe est situé en début de chaîne. Il est formé des banques de détail et de nombreux courtiers indépendants, qui offrent les crédits immobiliers à leurs clients désireux d'accéder à la propriété, sans regarder de près leur capacité de remboursement.

Le second s'intéresse à l'autre bout, où l'on trouve :

– Des intermédiaires financiers, qui achètent en gros les crédits immobiliers de ces banques et les combinent avec divers autres produits pour vendre le tout comme « produits à haut rendement ».

– Les certificateurs, qui garantissent un peu à l'aveuglette ces produits composites mal définis.

– Les acheteurs de ces produits composites (banques et autres intermédiaires financiers), qui les proposeront à leurs clients en quête de bons placements pour leur épargne.

D'une certaine façon, aucun des intermédiaires de cette longue chaîne ne se sent ou n'est responsable d'une éventuelle absence de remboursement des emprunts immobiliers par les foyers qui se sont endettés en Arizona, en Floride ou ailleurs. Chacun poursuit son objectif de faire croître son chiffre d'affaires et sa rentabilité. Aucun ne semble supporter de risque inconsidéré, puisque tous ont pris la sage précaution de se couvrir du risque de défaut de paiement. Alors, d'où vient la faille ?

Primo, du point de départ : on accorde un crédit à quelqu'un dont on ignore s'il pourra le rembourser, sans se préoccuper du drame humain qui peut en découler pour l'emprunteur non solvable.

Secundo, de l'appât du gain : la perspective de maximiser sa propre valeur actionnariale, et de bénéficier de primes et bonus considérables, incite à ne pas examiner les risques. D'ailleurs, quels risques, puisqu'on a pris la peine de s'assurer ?

Et voilà que la bombe explose. Les défauts de paiements sont tels que les produits complexes qui empilaient ces titres perdent leur valeur, ce qui met en péril les banques et les investisseurs qui détenaient ces produits, tandis que les assureurs ne peuvent plus faire face.

De nombreux témoins révélèrent les méfaits de ce chapelet d'organisations dont aucune ne s'estimait responsable des risques systémiques qu'elle faisait peser. L'avidité de ceux qui dirigeaient ces banques et ces intermédiaires fut dénoncée, leur irresponsabilité exposée au grand jour. La preuve était désormais faite que les systèmes d'incitations internes à leurs organisations récompensaient le vice et non la vertu. Si bien que de nouvelles régulations furent mises en place, aux États-Unis et en Europe, pour rééquilibrer les risques pris par le système bancaire et assurantiel.

Ainsi, la crise de 2008 a sonné le réveil. De nombreux acteurs de la vie économique et académique (re)découvraient soudain cette vérité essentielle : l'intérêt de la société commerciale est en vérité connecté mais distinct de celui des actionnaires ; ces derniers n'ont de droits sur son devenir et ses bénéfices qu'à la mesure des titres qu'ils détiennent. En France, dès la crise survenue, au sein de grandes écoles telles que l'École nationale des mines (chaire de Théorie de l'entreprise) et HEC Paris (Institut Society & Organizations), des professeurs et chercheurs s'emparèrent du flambeau pour éclairer cette réalité repoussée dans l'ombre depuis longtemps[5, 6]. Et de s'interroger sur la responsabilité du monde universitaire et de l'enseignement supérieur dans le désastre causé par des années de cécité. Comment tant de brillants esprits ont-ils pu, de façon si moutonnière, adouber et propager un modèle d'appréhension de la réalité du monde économique, la vision actionnariale de l'entreprise, sans en mentionner les limites et les simplifications ?

La crise des subprimes de 2008, prolongée par celle des dettes publiques en 2010, a donc mis les points sur les i : contrairement à ce que prétend l'axiome de Friedman, non seulement la seule recherche du profit par les actionnaires ne bénéficie pas à l'ensemble de la société humaine, mais elle peut avoir pour cette dernière des conséquences fâcheuses. Et bien sûr, l'entreprise, en tant qu'institution, en est tenue pour responsable, si bien qu'elle perd beaucoup de sa crédibilité.

Début de remise en question chez les financiers

Il est temps de braquer le projecteur sur cette partie prenante centrale, l'actionnaire en quête de profit à court terme. Qui est-il au juste ? Au départ, un investisseur qui décide de placer son argent en acquérant les parts d'une société. Pourquoi cette société plutôt qu'une autre ? Peut-être parce que le projet – l'entreprise – le séduit, et qu'il souhaite y contribuer. Forcément parce qu'il croit à la réussite de ce projet, et donc à sa capacité à accroître la valeur de cette société au fil du temps.

En toute logique, le montant des gains espérés est lié aux profits *futurs* de l'entreprise. Dès lors, *a priori*, plus les prises de positions durent, plus les gains ont des chances d'être élevés. À supposer même qu'un investisseur revende ses actions avant le terme retenu initialement, le nouvel acheteur se projettera à son tour dans l'avenir, et ainsi de suite. Le long terme devrait donc être l'horizon naturel de l'investisseur, bien plus que pour les autres parties prenantes. Bien entendu, le salarié envisage sa carrière sur plusieurs années, voire plusieurs décennies, mais pas obligatoirement dans la même entreprise. Quant au client et au fournisseur, l'horizon de leur avenir dépasse rarement quelques mois, au plus quelques années.

Or, la durée moyenne de détention des actions des entreprises cotées ne cesse de s'effondrer. Naguère de plusieurs années, elle est aujourd'hui passée à sept mois[7]. Il semble donc que nombre d'investisseurs ne se comportent pas selon la logique que nous venons d'esquisser. Concrètement, ils sont même beaucoup plus intéressés par les résultats trimestriels ou annuels des entreprises que par leurs perspectives de long terme. Comment expliquer cette divergence ?

C'est qu'en réalité, l'investisseur est « double ». Il y a d'une part la personne qui possède des fonds et souhaite les investir, par exemple l'épargnant ; d'autre part la personne à qui elle confie ces fonds pour les investir de façon éclairée – le gestionnaire, agent ou mandataire. Sans doute la première se situe-t-elle dans une perspective de long terme. Seulement voilà, la seconde, elle, est récompensée à court terme. Sa performance de gestionnaire est mesurée et comparée trimestriellement ou annuellement. Aussi a-t-elle tout intérêt à faire en sorte que les entreprises dans lesquelles elle a placé les fonds de son client dégagent des profits rapidement.

Le problème n'est donc pas vraiment *la* finance, mais l'organisation de l'intermédiation financière. Pour preuve, les actionnaires individuels restent beaucoup plus longtemps au capital d'une entreprise que sept mois – en moyenne, quatre années. Ils sont, en outre, bien plus intéressés que leurs mandataires par l'entreprise en tant que projet, en tant que collectif contribuant à apporter des solutions. De même pour les actionnaires de groupe familiaux.

Au cours de la décennie pivot, la déconnexion entre les intérêts respectifs des mandants et de leurs mandataires est devenue criante concernant la grande majorité des actions échangées sur les marchés financiers. Il est désormais patent que le système d'incitations et de récompense proposé aux gérants accélère la spirale néfaste de ce qu'on qualifie volontiers de « court-termisme ». À savoir, la quête de la performance financière la plus élevée à court terme, sans trop d'égard pour les conséquences à plus long terme, que ce soit pour le projet de l'entreprise ou pour les parties tierces contribuant à sa performance actuelle et ultérieure. En effet, même si le cours d'un actif intègre les flux financiers futurs, ces derniers sont décotés par rapport aux flux financiers plus proches et plus tangibles... À quoi bon se préoccuper du long terme et des parties tierces si l'on compte revendre ses actions dans six mois ?

Depuis quelques années seulement, bien conscients de cette déconnexion, les professionnels de la finance s'interrogent sur le fonctionnement de leur industrie. Certains d'entre eux, et non des moindres, questionnent la possibilité d'introduire de nouvelles mesures de la performance. À côté des retours sur capitaux employés, de la profitabilité à brève échéance, pourquoi ne pas ajouter des indicateurs de performance environnementale, par exemple ? Pourquoi ne pas valoriser plus significativement les performances attendues à moyen et long terme afin d'éviter cet effet de surcote du temps court ? Voire, pourquoi ne pas constituer des fonds et produits financiers environnementalement et socialement responsables, c'est-à-dire plus regardants sur les activités effectives des entreprises qui entrent dans leurs portefeuilles ? Ces questions en amènent aussitôt une autre, au cœur du problème : comment inciter les gestionnaires à lever le nez du guidon et à considérer plus largement la variété des impacts générés par les entreprises ? Risques techniques, accidents éventuels, scandales divers et variés… Bref, tout ce qui peut affecter négativement la performance de marché de ces entreprises[8].

Ces premiers pas sont encore timides, mais la cadence semble s'accélérer alors que frappe la crise de la Covid-19, qui marque la fin de cette période pivot. Car il est aujourd'hui devenu impossible de se voiler la face. La critique du tout financier ne cesse d'enfler, et trop de faits ou d'événements viennent démontrer que non, décidément, la maximisation de la valeur actionnariale qui survalorise le court terme n'est pas le must de l'investissement ni la source du bien-être de tous.

Remous chez les patrons

Parachutes dorés, stock-options, rémunérations mirifiques… En apparence, les patrons de grandes entreprises auront été les enfants gâtés du système friedmanien. Des outils de gestion simples et efficaces ; un but clairement affiché de profits à court terme ; l'assurance d'être récompensés à la hauteur de la performance boursière de l'entreprise et, pour les plus talentueux, une gloire de rock-star. De quoi se plaindraient-ils ?

Peut-être du fait que, dans ce système, ils n'ont plus de patrons que le nom. Les décisions ? Elles se prennent avec ou sans état d'âme en fonction d'un unique critère, la maximisation de la valeur pour l'actionnaire. En vérité, à la fin des fins, le vrai patron est le cours de la Bourse. Et pour lui obéir, il faut épouser sa logique, celle d'un horizon se limitant chaque année à la date de l'arrêté des comptes.

Si la rémunération du patron croît en même temps que celles de ses actionnaires, il lui est bien difficile de mettre en œuvre d'autres politiques que celles induites par la vision actionnariale de l'entreprise. La logique de son métier, il le sait, voudrait qu'il se projette à plus long terme afin d'assurer la pérennité de l'entreprise qu'il dirige : au nom d'impératifs financiers de plus court terme, il doit s'en abstenir. Certes, il n'échappe pas à certains patrons que les profits engrangés par le monde de la finance excèdent, de fait, ce que celui-ci apporte réellement aux entreprises et à l'économie. Mais, en acceptant l'alignement de leurs intérêts matériels – carrière, revenus – et de ceux de l'encadrement dirigeant – que la logique actionnariale a également pris soin de récompenser –, ils se trouvent entraînés dans cette complicité payante consistant à considérer l'entreprise avant tout sous l'angle actionnarial.

Depuis quelques années, pourtant, certains patrons, et non des moindres, commencent à s'interroger publiquement. En 2016, à la remise des diplômes de HEC, Emmanuel Faber, alors PDG de Danone, fait sensation avec un discours qui pulvérise la doxa friedmanienne. « La main invisible dont on vous a parlé n'existe pas ! Ou alors, elle est cassée », assène-t-il devant les jeunes diplômés. Et de les mettre en garde : « Vous allez avoir à venir à bout de trois épreuves : le pouvoir, l'argent, la gloire. Il n'est de leadership qu'au service d'une cause », conclut-il, recueillant une standing-ovation [9]. Quelques mois plus tard, nous cosignons avec d'autres patrons et professeurs une tribune dans *Le Monde* [10] pour que la France « passe à une économie de marché responsable » et réfléchisse à réécrire les articles du Code civil qui définissent l'entreprise. Ailleurs, à l'Institut de l'Entreprise, on restaure le dialogue entre dirigeants de grands groupes et entrepreneurs sociaux, et l'on met à l'affiche une conférence intitulée « S'émanciper de la domination de l'actionnaire » [11].

Là aussi, un vent nouveau se lève, c'est indubitable.

La jeune génération en quête d'un nouveau modèle

C'est un phénomène récent. Depuis quelques années, la grande entreprise n'a plus le vent en poupe dans la jeune génération. Diplôme prestigieux en poche – école de commerce ou d'ingénieurs – nombre d'entre eux déchantent dès leurs premiers pas dans les grands groupes où s'amorce leur carrière. La reconversion précoce devient à la mode. Quand une jeune diplômée de l'ESCP, sollicitée par un éditeur grand public, propose aux nombreux jeunes diplômés victimes d'une perte de sens au travail ou d'une mauvaise expérience en début de carrière un *Manuel de l'affranchi : les étapes à suivre pour une reconversion professionnelle réussie*[12], on peut y voir quelque raison de s'inquiéter. Les reproches adressés par cette jeunesse à l'entreprise visent le modèle actionnarial : son obsession du profit au détriment du sens ; sa rigidité hiérarchique, son compartimentage ; son refus d'associer les salariés aux décisions fondamentales ; son indifférence à toute autre considération que financière, qu'il s'agisse d'environnement, d'éthique ou de solidarité. Son double langage, aussi, notamment en matière d'écologie, dénoncé dans des manifestes par des dizaines de milliers d'étudiants[13]. Pas question, disent-ils, de travailler pour des organisations polluantes qui ne compensent pas leurs émissions de carbone, par exemple, et qui repeignent en vert leurs pratiques sans les changer fondamentalement. L'entreprise, pourquoi pas, mais à la seule condition qu'elle soit en adéquation avec ce qui fait sens pour eux, à savoir la lutte contre le réchauffement climatique et la désagrégation sociale.

Ces exigences n'existaient pas, ou guère, avant la décennie pivot. Auparavant, l'objectif des plus diplômés était de faire fortune, ou au moins de très bien gagner leur vie. Ils n'y ont pas forcément renoncé, mais pas à n'importe quel prix. Cela ne peut qu'interpeller les entreprises qui, si figées soient-elles dans le modèle friedmanien, ont besoin de forces vives pour continuer d'exister[14].

Le monde économique tel que proposé depuis quarante ans ne coïncide plus avec les aspirations de la génération née à partir de 1990. Or, nous en sommes plus que jamais convaincus, l'entreprise, dans une version réinventée, est à même de redonner l'espoir à cette génération. Mieux, elle est un mode indispensable d'organisation humaine qui permettra de répondre à grande échelle aux enjeux du XXIe siècle.

Partie 2

Les prémices d'un retournement

Depuis dix ans, des acteurs de l'économie réelle s'interrogent et remettent en question, de manière dispersée, les axiomes de la vision actionnariale de l'entreprise. La décennie pivot 2008-2020 marque le début de la fin de l'hégémonie du « modèle friedmanien ». Avec une question centrale : la redéfinition de l'entreprise, jugée aussi urgente que nécessaire. Les résultats sont jusqu'à présent mitigés, faute d'une réflexion globale permettant d'articuler l'ensemble des parties prenantes aux différents niveaux de responsabilité national, régional et mondial ; en raison, aussi, d'un noyau dur inconditionnellement fidèle au modèle de l'entreprise actionnariale, et donc peu disposé à amender le système. Mais la crise de la Covid-19, que personne ne pouvait prévoir, pourrait bien être l'élément déclencheur d'un véritable changement de paradigme…

Chapitre 4

Des politiques en mouvement

Disons-le tout de suite, le monde des années 2020 n'est plus celui de 1990. Pour la vaste majorité des décideurs publics ou privés, il est désormais clair que depuis un siècle, l'activité humaine a altéré de nombreux paramètres de l'équilibre terrestre. Émissions de gaz à effet de serre. Réduction drastique des espèces animales. Spécialisation des cultures humaines au détriment de la variété biologique des semences. Baisse du ratio entre terres arables et bouches à nourrir par unité de surface disponible. Réchauffement et acidification des océans. Catastrophes climatiques toujours plus nombreuses et plus violentes... La liste est longue, bien que non exhaustive. Des politiques et des scientifiques, parmi les premiers, ont pris acte de cette profonde mutation dès le début de la décennie pivot. Mais, de la prise de conscience à l'action coordonnée et efficace, la route est longue et jalonnée d'obstacles. Car c'est tout simplement le fonctionnement du monde économique façonné par les préceptes friedmaniens qu'il convient de transformer.

COP, GIEC et ODD : les premiers pas

On les appelle « COP » (Conférences des Parties). Nées en 1995 à Berlin, elles réunissent chaque année, sous l'égide des Nations unies, les États (ou Parties) reconnaissant officiellement l'existence d'un dérèglement climatique d'origine humaine. Ce diagnostic ne sort pas d'un chapeau, il provient du travail minutieux d'un vaste groupe de scientifiques, le GIEC, qui l'a posé en 1990 sur la base d'un rapport circonstancié. L'objectif de cette réunion annuelle ? Au-delà du diagnostic, s'entendre collectivement sur les mesures à prendre pour prévenir la catastrophe qui s'annonce. En 1997, ils sont quelque 40 pays à s'accorder sur la nécessité, pour chacun d'entre eux, d'œuvrer à réduire les activités économiques qui amplifient le réchauffement. C'est le protocole de Kyoto. Douze ans plus tard (12 ans !), en 2009, ils sont cette fois plus de 190 à se réunir à Copenhague. Mais la montagne accouche d'une souris, la signature d'une simple déclaration d'intention qui ne contraint personne… et ne produit aucun effet concret. *Business as usual.*

Il faudra encore cinq ans pour que l'urgence d'agir pour de bon s'impose à tous, avec le cinquième rapport du GIEC. Car les résultats de la procrastination générale s'affichent : la décennie 2001-2010, annoncent les scientifiques, aura été la plus chaude depuis 1 400 ans [1]. Pour qui serait tenté de répondre « et alors ? », les signes incontestables du bouleversement climatique en marche incitent à ne pas prendre la chose à la légère. Le GIEC dépeint l'avenir sous les couleurs les plus sombres. À l'horizon 2100, si rien ne change, la température moyenne de la planète aura augmenté de 2,6 °C dans le meilleur des cas, et de 8,5 °C dans le pire. Quatre scénarios se déploient, implacables. Pour de nombreux décideurs publics et privés, c'est un électrochoc.

Aussi le ton change-t-il du tout au tout lors de la COP21 en 2015. Tous les pays sont réunis, 196 signataires. Avec l'objectif commun et précis de limiter le réchauffement climatique au niveau mondial sous la barre des + 2 °C, idéalement, + 1,5 °C. États-Unis, Chine, Inde, Brésil, Russie, les plus gros émetteurs de gaz à effet de serre eux-mêmes sont entrés dans le rang. Ils ont signé. C'est une prise de conscience planétaire. Les économies vont devoir s'amender [2]. Cette fois, les entreprises ne peuvent plus faire mine de n'être pas concernées. Car pour que les pays où elles sont hébergées puissent respecter leurs engagements, elles vont devoir prendre des mesures drastiques – revoir leurs pratiques, adapter leurs technologies, amoindrir leur impact négatif sur l'environnement. Le tournant semble décisif. Plus personne ne le nie, les activités humaines influent sur le climat. Les économies de tous étant interdépendantes, chacun doit y mettre du sien. Il en va de la survie des générations futures.

Enfonçant délibérément le clou, les États membres des Nations unies définissent les 17 ODD (objectifs de développement durable) pour 2030 : 149 cibles sont listées, afin d'articuler harmonieusement le développement humain avec les limites planétaires[3]. Amélioration des conditions de vie, d'accès à l'éducation et au travail. Répartition plus juste de la croissance économique. Protection de la vie sous-marine, terrestre et des écosystèmes naturels. Déclinés par pays, les objectifs sont ambitieux. À charge pour chaque gouvernement de les faire respecter par les forces vives de son économie et de la société, et pour les organismes nationaux de statistiques, tel l'Insee en France, de faire remonter les indicateurs à l'ONU.

Oui mais voilà… Ratifiés par tous, ces accords et ces objectifs ne sont pas vraiment contraignants. Car en cas de non-respect des trajectoires proposées, les astreintes ou pénalités sont inexistantes. Et si l'on compte sur la mauvaise conscience ou la crainte de ternir sa réputation pour maintenir tous les décideurs dans le droit chemin, on se leurre. Au niveau politique, certains, et non des moindres, n'en ont cure. Dès son investiture prononcée, Donald Trump annonce avec fracas sa décision de sortir des accords.

Quant à Jair Bolsonaro, il fait tout simplement comme si son pays ne les avait pas signés. Et du côté des entreprises, sur lesquelles repose la réussite du plan adopté, en quoi la hausse des températures à l'horizon 2100 infléchit-elle réellement l'action d'un dirigeant ou d'un cadre d'entreprise, obnubilés par les objectifs financiers de l'année ? Le plus souvent, une communication adéquate sans être insincère suffit à manifester la bonne volonté de chacun. Les entreprises explicitent leurs stratégies à l'aune des ODD, affichant la réduction de leurs impacts négatifs sur la qualité de l'eau ou de l'air, et l'accroissement de leurs impacts positifs sur le bien-être de leurs employés et des territoires où elles sont implantées. Les gouvernements ne sont pas en reste, alignant les déclarations d'intention, corroborées souvent par quelques mesures.

Mais les conférences de presse et les discours n'inclinent guère les trajectoires dessinées sur papier glacé. En effet, en cette fin d'année 2021, à mi-chemin entre l'accord de Paris de 2015 et l'horizon 2030, seuls quelques ODD semblent sur la bonne voie. La crise de la Covid a en outre obligé les gouvernements à de coûteux plans de relance dont une partie seulement est orientée vers l'économie décarbonée. Entre les horizons projetés au niveau mondial par les scientifiques experts et les diplomates, et l'entrelacs des microdécisions des entreprises et des organisations politiques locales ou nationales, le fossé reste profond.

Pour le combler, des voix se lèvent qui poussent à légiférer.

*Pacte vert (*Green Deal*) et taxonomie : quand l'Europe passe par la loi*

Au-delà des bonnes intentions, c'est dans la technique légale et réglementaire que des choses bougent sur le plan européen. Aussi bien l'Europe est-elle directement concernée, puisqu'en tant qu'espace économique et juridique propre, elle fut officiellement le 196e signataire des accords de Paris. Nous soulignerons ici deux initiatives aux répercussions potentiellement importantes sur toute la chaîne économique, du financement des entreprises à leur système productif et à la mesure de leur performance.

Depuis décembre 2019 et le renouvellement de la Commission, l'Europe a débuté la mise en place de son Pacte vert, ou *Green Deal*. L'objectif de ce pacte est de définir une nouvelle stratégie de développement, permettant à la fois d'aligner les décisions futures des États membres et de corriger les décisions passées. Très novatrice, l'idée principale qui sous-tend ce pacte consiste à inscrire la croissance économique dans un cadre prenant en compte la limite des ressources naturelles, afin de concevoir un nouveau mode de développement. Il s'agit également, dans l'esprit des engagements pris au niveau mondial, de faire en sorte qu'en 2050, les émissions nettes de gaz à effet de serre soient égales à zéro.

Avec ces objectifs en tête, le Pacte vert revisite une foule de dispositions établies. Comment mieux prendre en compte les impacts environnementaux et sociaux des activités sur le territoire de l'UE ? Toutes sortes de directives sont passées au crible pour être révisées : infrastructures pour les carburants alternatifs à l'essence, transports combinés, affectation des terres agricoles et arables, système d'échange de quotas d'émission de CO_2… Les législations évoluent sur des secteurs entiers tels que la gestion des déchets, la production, la distribution et la gestion du cycle de vie des batteries, le soutien à l'économie circulaire, l'usage des pesticides dans l'agriculture… Des législations plus contraignantes, notamment dans le secteur du bâtiment et de la rénovation urbaine, sont en cours d'étude. D'autres sont plus incitatives, comme la production d'énergie éolienne en mer ou la production d'acier zéro carbone à horizon 2030. Moins strictes légalement, d'autres mesures sont prises concernant la protection et le développement des forêts, la lutte contre la pollution des grandes installations industrielles et l'instauration de normes plus exigeantes concernant les émissions nocives des véhicules à moteur. Des concurrents s'inquiètent, tels les producteurs automobiles japonais, dont les moteurs hybrides dans lesquels ils ont tant investi ne seraient plus compétitifs en Europe avec ces nouvelles normes[4].

Pour compléter ce plan d'action, l'UE prévoit des fonds de soutien et de financement aux entreprises innovantes, ainsi que l'octroi de moyens pour une diplomatie revisitée entre États européens, mais également avec les pays tiers et les instances internationales. On ne saurait le nier, la gigantesque machine de l'Union européenne s'est enfin décidée à prendre les choses en main.

Qui sont les acteurs, les chevilles ouvrières des transformations impliquées par ce plan vert ? Les États, bien sûr, en partie. Mais surtout, en priorité, les secteurs économiques dans leur intégralité, et donc les entreprises de ces secteurs. Qui dit directive dit loi. Qui dit loi dit responsabilité engagée et éventuelle sanction. Revient donc en ligne de mire la question de la nature de l'entreprise, de sa raison d'être. Doit-elle intégrer ce genre d'impératifs dans sa fonction de production ? Est-ce de son ressort ? Ou sa finalité n'est-elle que de maximiser la valeur actionnariale, cette dernière étant censément pourvoyeuse d'une production de richesse et d'une harmonie sociale maximales ?

Pour répondre à cette question, penchons-nous sur une initiative particulière du Pacte vert, au cœur même du modèle : la définition des activités durables, c'est-à-dire répondant à l'accord de Paris. Au début 2020, une task-force technique produit une classification de 70 activités économiques qui, ensemble, représentent plus de 90 % des émissions de gaz à effet de serre du territoire européen. Tous les secteurs ne peuvent évidemment être logés à la même enseigne. Par nature, certains sont plus contributeurs à la réduction d'émission de CO_2 – par exemple, la production d'électricité sans recours à l'énergie fossile. D'autres sont déjà bas-carbone. Les autres, enfin, ne sont pas encore alignés, ou il leur est extrêmement difficile de l'être, avec la trajectoire sur laquelle s'est engagée l'Union européenne. Le 21 avril 2021, la Commission européenne a publié l'Acte délégué qui précise cette taxonomie, c'est-à-dire la répartition des activités économiques en types distincts quant à leur durabilité, qui pourra être appliquée dès 2022 par les entreprises et investisseurs. Le principe essentiel pour qu'une activité économique soit considérée comme durable est qu'elle apporte un bénéfice à au moins un de six objectifs environnementaux sans dégrader l'un des cinq autres ; ces objectifs sont l'atténuation et l'adaptation au changement climatique, la réduction de la pollution, les recyclage et traitement des déchets, la protection de l'eau, et la protection de la biodiversité. L'Acte délégué du 21 avril 2021 explicite les mesures et seuils retenus par activité économique pour les deux premiers objectifs. C'est pourquoi, même si elle nécessitera encore quelques ajustements, cette taxonomie remet les choses en perspective, permet les comparaisons et se révèle donc si importante[5, 6].

Elle l'est d'abord pour les grandes entreprises européennes. Car un point essentiel est ainsi acté : l'entreprise n'est pas seulement un véhicule de transformation et d'accumulation du capital économique, comme le prétendaient jusqu'ici les tenants de la vision actionnariale. Est désormais mise en lumière la partie jusqu'alors invisible de son activité, c'est-à-dire les conséquences de la façon dont cette activité est exercée. Avec cette taxonomie, les entreprises ont en main un outil pour mieux valoriser leurs initiatives et leurs impacts environnementaux et sociaux.

Elle ne l'est pas moins pour les investisseurs, qui auront clairement sous les yeux les impacts extra-financiers des entreprises dans lesquelles ils investissent. Quant aux pouvoirs publics, les éléments précis de cette taxonomie leur permettront de créer des labels et des normes définissant des produits financiers verts, et ainsi favoriser l'allocation de l'épargne ou de certaines cotisations à des investissements « vertueux ». Autant d'étapes qui justifient que nous atteignions collectivement les objectifs fixés par l'accord de Paris !

Avec une grande précision, la taxonomie définit les critères, les seuils et les méthodologies permettant à une entreprise de déclarer et démontrer qu'elle s'inscrit dans cette trajectoire bas-carbone. Une contrainte non dénuée d'avantages, car en passant ses activités au crible de la taxonomie, l'entreprise peut arguer et témoigner des efforts par elle engagés. Finis les seuls discours ! Le carnet de notes fait foi, dont elle peut dès lors tirer bénéfice. Auprès de ses clients, bien sûr, mais pas uniquement. De plus en plus, ces questions de transition bas-carbone et de résilience face au changement climatique intéressent les investisseurs... Or, jusqu'à présent, il leur manquait un langage commun permettant de comparer les entreprises d'un même secteur sur des critères, des seuils, des catégories similaires. Voilà qui est chose faite. Tout le monde y trouve son compte, les entreprises, dans leurs plans de financement tout comme les acteurs du marché désireux d'investir dans des augmentations de capital ou dans l'achat d'obligations. Grâce à cet outil, chacun peut étalonner ses attentes non seulement financières mais aussi extra-financières.

Ces mesures entreront en vigueur en plusieurs temps à partir de 2022, puis percoleront les législations nationales. En parallèle, les directives concernant la distribution des produits financiers seront elles aussi amendées. Aujourd'hui, les intermédiaires qui placent auprès de leurs clients – particuliers, banques de détail ou autres – des produits financiers et d'assurance, n'ont pas d'obligation particulière de répondre à leurs demandes spécifiques à propos de l'orientation environnementale ou sociale des produits qu'ils offrent. En définissant un langage commun sur ces sujets, la taxonomie fera de ces critères un composant usuel du conseil financier, ce qui changera considérablement la donne.

Des questions n'en restent pas moins posées, que la redéfinition au coup par coup des diverses directives laisse en suspens. Prenons par exemple la mesure de la réduction des émissions de gaz à effet de serre. Si l'on n'y prend pas garde, elle pourrait n'être qu'un trompe-l'œil à partir du moment où elle reste centrée sur une entreprise. Que s'agit-il en effet de mesurer ? Les émissions de l'entreprise elle-même ? Ou sa contribution à la diminution des émissions nationales et mondiales ? Pour une entreprise, diminuer ses émissions est assez simple, il suffit de travailler moins ou de vendre certains sites polluants. Mais si le tiers auquel elle vend une activité carbonée récupère celle-ci sans rien y changer, les émissions mondiales n'en seront pas réduites d'un iota ! L'entreprise sera bien notée, mais le climat de la planète n'y aura rien gagné. En plus de la réduction des émissions dans les activités en propre, ce sont aussi celles évitées grâce aux savoir-faire de l'entreprise qu'il convient donc de prendre en compte. Ce qui, pour l'instant, n'est pas vraiment le cas.

Autre exemple de question piège, les dimensions environnementales et sociales sont souvent intimement liées. Si un progrès environnemental se fait au prix d'une régression sociale, quel est le bénéfice ? Ainsi, pour réduire significativement les tonnages de CO_2 émis en Europe, un passage obligé sera de fermer les mines de charbon, notamment en Pologne, ce qui laissera les mineurs sans emploi. Sans un vaste programme de formation et la création d'activités économiques de substitution, la fermeture des mines ne peut être envisagée sérieusement. Dans le même ordre d'idées, on a vu à l'automne 2018 en France la taxe carbone sur l'essence mettre le feu au pays. C'est compréhensible. Les habitants modestes des campagnes ne peuvent se passer de leur voiture à moteur thermique pour aller travailler et accéder aux services essentiels. Les indemniser par d'autres moyens, avec l'espoir qu'ils s'achètent un véhicule électrique ? Cela ne sert pas à grand-chose tant que le surcoût de l'achat d'un véhicule « propre » reste trop important et, surtout, tant que de grands travaux d'infrastructure pour équiper les campagnes de bornes électriques n'ont pas été menés. Dans les conditions actuelles, ce genre de taxe, outre qu'il suscite colère et incompréhension, a peu de chance de réduire les émissions de CO_2…

Malgré tous ces problèmes de fond encore à résoudre, les bonnes intentions au niveau mondial, sous l'égide des Nations unies, et plus encore les initiatives de réglementation, de normalisation et de législation au niveau d'une vaste région telle que l'Europe, ont un immense mérite : elles permettent d'orienter les entreprises sur des sentiers inédits, ignorés par la vision actionnariale. Progressivement, de nouveaux éléments s'introduisent dans leur logique de fonctionnement, en particulier l'impact sur l'environnement, l'air et le climat, et la prise en compte des conditions humaines et sociales. Par ricochet, ceux à qui les entreprises sont censées appartenir, les actionnaires, commencent peu à peu à regarder de plus près ces nouvelles tendances... Parce qu'ils s'y intéressent foncièrement ? Peut-être, parfois. Plus vraisemblablement, parce que tel pourrait bien être leur intérêt.

Loi Pacte : la France secoue le modèle friedmanien

En 2016, Donald Trump, alors président des États-Unis, déclare ne pas vouloir respecter l'accord de Paris. En France, le président Macron réagit aussitôt en rétorquant qu'il n'y a pas de plan B car il n'y a pas de planète B, que tous les pays et toutes les économies du monde doivent œuvrer ensemble pour leur destin commun. Simple rodomontade, pensent certains. Il n'en est rien. Quelques mois plus tard, en octobre 2017, lors d'une allocution télévisée, le président français, fréquemment taxé de libéralisme excessif, passe à l'action et déclare : « Je veux qu'on réforme profondément la philosophie de ce qu'est l'entreprise[7, 8, 9]. » Pour ce faire, le ministère du Travail missionne un tandem inattendu, en l'occurrence un grand patron du CAC40, Jean-Dominique Senard, alors PDG de Michelin, et une grande figure du syndicalisme, Nicole Notat, ancienne dirigeante de la

CFDT et de Vigeo. Intitulé « L'entreprise, objet d'intérêt collectif[10] », leur rapport, dit « Notat-Senard », fait l'effet d'un pavé dans la mare. On comprend aisément pourquoi en passant en revue les nombreux chantiers qu'il ouvre : modifier le fameux article qui définit l'entreprise dans le Code civil ; engager les entreprises à définir leur raison d'être, c'est-à-dire la finalité essentielle qui préside à leur existence, au-delà de leur existence purement économique ; nommer plus de salariés en tant qu'administrateurs de l'entreprise… Et bien d'autres pistes encore qui, si elles étaient traduites en lois et règlements, feraient trembler sur leur chaise les tenants de l'orthodoxie friedmanienne.

C'est sur la base de ce rapport que le président de la République charge le ministre de l'Économie et des Finances d'élaborer le projet d'une loi connue aujourd'hui comme la loi Pacte (Plan d'action pour la croissance et la transformation des entreprises). Cette loi pose les jalons d'une inflexion de la vision actionnariale de l'entreprise.

La disposition la plus significative est sans doute la modification de l'article 1833, qui suit le fameux article 1832 évoqué dans le premier chapitre de ce livre, à l'origine de tant de malentendus. « Toute société doit avoir un objet licite et être constituée dans l'intérêt commun des associés », énonce l'article napoléonien. Certes, et la loi Pacte maintient cette assertion. Mais pour y ajouter aussitôt : « La société est gérée dans son intérêt social, *en prenant en considération les enjeux sociaux et environnementaux de son activité.* » Preuve de son importance, cette courte phrase, ou plus précisément sa seconde partie, sera l'objet d'âpres débats en coulisses. Nombre de dirigeants d'entreprises, de grands banquiers et de financiers montent aussitôt au créneau, et une bataille s'engage pour la supprimer. Leurs arguments ? Ces quelques mots, disent-ils, ouvrent la porte de l'entreprise à ceux qui y sont extérieurs ; ils la rendent responsable et redevable de conséquences qu'elle ne peut contrôler. Pire, ils en font une cible pour tous les opposants à l'initiative privée, qui pourront à bon compte traîner l'entreprise et ses dirigeants devant les tribunaux.

Nous ne partageons pas cet avis. La prise en considération des enjeux sociaux et environnementaux nous semble au contraire faire partie intégrante du périmètre et de la nature de l'entreprise. En outre, en réduisant la loi à un outil de punition en cas d'infraction, les opposants à la modification de l'article 1833 se méprennent, selon nous, sur le rôle du législateur. Qu'est-ce, en effet, que la loi ? Pas seulement une définition du permis et de l'interdit. Pour toute société humaine, la loi est aussi, surtout peut-être, une manière d'expliciter la vision qu'elle a d'elle-même. Elle a pour objet « d'ordonner la cité », comme le disaient les anciens. Elle donne un horizon, un cap, décrit un idéal. Et si, comme nous, d'autres voient dans l'entreprise l'un des acteurs indispensables pour élaborer des solutions afin de panser les plaies du monde contemporain, il convient au contraire d'applaudir cette loi. Que dit-elle en effet ? Que l'intérêt social de toute société (de toute « entreprise ») ne se réduit pas à la production de richesses, et que les conséquences procédant de ses activités productives sur l'environnement naturel et humain en font intégralement partie.

Rappelons-nous aussi que l'article 1833 date de Napoléon. Que la notion d'entreprise au sens, même mal défini, où nous l'entendons aujourd'hui, n'existait pas. Qu'en ce début de XIXe siècle, le monde économique n'avait pas grand-chose en commun avec le nôtre. L'industrie en était à ses balbutiements, et l'idée même que les ressources puissent être limitées, que l'activité humaine puisse se révéler destructrice pour le sol, la mer, le climat, n'était tout bonnement pas imaginable. Voilà pourquoi en 2019, il est si important d'être passé par la loi. La loi Pacte reconnaît tout simplement que le concept de « société », cette forme juridique soutenant toute « entreprise » humaine au sens premier, doit prendre en considération de nouvelles dimensions liées à son influence sur le monde fini qui l'entoure.

Ce passage par l'article 1833 et la loi Pacte en général posent aussi, et ce n'est pas leur moindre mérite, les bases d'une réflexion à mener d'urgence sur des questions essentielles. Qu'est-ce que l'entreprise ? À quoi sert-elle ? Quel est son rôle au sein du collectif que constitue la nation ? Assimilant délibérément l'entreprise à sa seule version friedmanienne, ses opposants la rejettent en bloc, voyant en elle une structure par essence prédatrice, cupide et injuste. Cette analyse est fausse, nous espérons l'avoir démontré dans la première partie de notre propos. Si la vision actionnariale s'est imposée dans le monde entier pendant plusieurs décennies, elle n'est qu'une étape de l'histoire. Il y a eu un avant, il y aura un après, qu'il nous incombe de bâtir. Ontologiquement, l'entreprise est un projet collectif porté par une structure juridique. Nulle malignité dans son essence, et la loi Pacte, en inscrivant dans l'article 1833 la « prise en considération des enjeux sociaux et environnementaux de son activité », met les points sur les i. Sont en revanche consubstantielles à l'entreprise l'efficacité et l'inventivité résultant de la réunion d'humains au service d'un projet, ce qui fait d'elle la structure la plus adaptée pour apporter des solutions aux troubles du monde. La clarification procurée par la loi donne l'occasion à ceux qui croient en l'entreprise de dessiner clairement leur vision, et de réconcilier enfin les citoyens avec l'entreprise.

Pour aider ces « capitalistes éclairés » à préciser la vision qui est la leur, la loi Pacte a d'ailleurs intégré une disposition qui fit et fait encore couler beaucoup d'encre : la raison d'être. « Les statuts [de l'entreprise] peuvent préciser une raison d'être, constituée des principes dont la société se dote et pour le respect desquels elle entend affecter des moyens dans la réalisation de son activité. » Il s'agit en somme, pour les parties prenantes, de définir de concert ce qui fonde et justifie l'activité de l'entreprise, au-delà de la simple perspective d'engranger des bénéfices. Là encore, voilà un joli pavé dans la mare friedmanienne ! Car l'entreprise se dote ainsi, de façon collective, d'une boussole encadrant son action au service de l'ensemble des parties prenantes, y compris son environnement le plus large, comme le stipule l'article 1833 complété. Présentée en assemblée générale des actionnaires, la raison d'être fournit un cadre pour le développement de l'entreprise et oblige ses dirigeants. Toutefois, cette intégration officielle dans les statuts n'a rien d'obligatoire ; une entreprise peut se contenter d'afficher une raison d'être dans sa communication. En trois ans, plusieurs centaines d'entreprises françaises ont défini leur raison d'être, un quart d'entre elles environ l'ont inscrite dans leurs statuts, et d'autres s'apprêtent à le faire[11]. Reste à savoir ce qu'elles en feront : simple slogan ou guide des choix stratégiques ? L'avenir nous le dira.

Aucune incertitude, en revanche, pour un nouveau type d'entreprise créé par la loi Pacte : la société à mission. Une entreprise de ce type ne se contente pas d'inscrire dans ses statuts une raison d'être portant au-delà de la réalisation de bénéfices financiers pour les associés. Cette raison d'être est le fondement même de son statut juridique. Car oui, aux côtés des SA, des SARL, des sociétés à commandite, etc. figurent désormais les sociétés à mission, qui se déclarent par essence au service du bien commun, bien qu'elles demeurent des sociétés à but lucratif. Pour vérifier qu'elles sont gérées conformément à leur statut, la loi impose à ces entreprises un suivi étroit, confié à un comité qui veille en continu au respect de la mission, qu'il s'agisse de nourrir sainement, de protéger l'environnement, d'apporter la santé au moindre coût… Et des indicateurs précis sont régulièrement audités par des parties tierces professionnelles, qui valident le rapport annuel du comité de mission[12].

Contrairement à ce que l'on pourrait penser, la France n'est ni pionnière ni isolée dans cette démarche. Aux États-Unis, au Royaume-Uni, en Italie, des formes juridiques atypiques similaires existent aussi, qui conjuguent l'intérêt suprême de l'actionnaire et une visée non financière. Toute la question est de savoir si ces formes hybrides peuvent non seulement survivre, mais se développer et gagner du terrain. À ce jour, il n'existe dans le monde qu'une poignée d'entreprises de très grande taille à la fois cotées en Bourse et dotées d'un statut comparable à celui de société à mission. La plus grande est française : Danone. Sa raison d'être ? « Apporter la santé par l'alimentation au plus grand nombre[13] » Lors de l'assemblée générale de juin 2020, en pleine pandémie de Covid-19, ses actionnaires ont voté dans un même élan le passage au statut d'entreprise à mission, à 99 %... et le versement des dividendes au titre de l'année 2019. Quatre mois plus tard, le groupe réitère son objectif moyen terme de croissance rentable entre + 3 et + 5 %, mais engage dans le même temps un plan d'économies important. Et en mars 2021, à l'issue de vifs débats au sein du conseil d'administration, son président-directeur général doit se retirer. Comme quoi l'équilibre entre mission et satisfaction de l'actionnaire n'a rien d'évident, et devra faire la preuve qu'il peut être maintenu sur le long terme. C'est à cette seule condition que l'entreprise à mission se diffusera.

Bien qu'encore balbutiantes, éparses et souvent contestées, toutes ces évolutions ouvrent une nouvelle voie, qui s'affranchit des axiomes restrictifs et désormais insuffisants de la vision actionnariale prévalant depuis quatre décennies. Non contente de redéfinir la fonction de l'entreprise, désormais tant sociale qu'économique, cette percée dessine en creux pour les décideurs, à tous les échelons de l'entreprise, un rôle incontestablement plus incertain, mais ô combien plus riche...

Chapitre 5

Changement de pratiques à la table du conseil d'administration ?

En mai 2020, en pleine crise de la Covid-19, onze actionnaires – parmi les plus éminents – d'un grand groupe pétrolier ont déposé une résolution pour le moins surprenante lors de l'assemblée générale annuelle. Leur exigence : que le groupe Total, pour ne pas le nommer, se décide à adopter des objectifs de décarbonation absolue de ses activités. Qu'il élabore une stratégie détaillée dans le temps pour les atteindre, de manière à s'aligner sur les objectifs de l'accord de Paris. Plus fort, cet engagement devrait aussi porter sur les émissions de carbone résultant de l'utilisation que feraient les clients du pétrole fourni par Total.

Si cet événement improbable passa inaperçu, c'est évidemment parce qu'il fut sans résultat. Seuls 16,3 % des votants approuvèrent la résolution, tandis que 83,2 % la rejetèrent. Il n'en est pas moins d'une importance capitale. Qui, en effet, avait porté cette résolution ? Pas n'importe quels actionnaires, mais des banques – la Banque Postale et le Crédit Mutuel. Qu'impliquait-elle, si elle avait été votée ? Que ne soient pas seulement prises en compte les émissions de CO_2 résultant de l'exploration, de l'extraction, du raffinage du brut et de sa distribution. Mais aussi celles produites par sa consommation, soit la bagatelle de 80 % du montant total des émissions du cycle du pétrole.

Le conseil d'administration du groupe exhorta les actionnaires à voter contre, au motif que « l'adoption de la résolution proposée conduirait à rendre [leur] société [Total] responsable d'émissions sur lesquelles elle n'est pas en capacité d'agir, seuls les clients en ayant la maîtrise directe ». Rien que de très normal, dans la logique habituelle de l'entreprise. Dès lors qu'une société commerciale met des biens sur le marché, les clients peuvent en user à leur guise. Après tout, rien ne les empêche de mettre autre chose que du kérosène dans le moteur de leurs avions, de l'essence dans celui de leurs voitures. L'entreprise n'a pas à intégrer à ses objectifs les conséquences négatives induites par l'utilisation des biens qu'elle fournit à ses clients !

La chose ne sembla pourtant pas aller de soi pour l'un des actionnaires qui, s'il ne vota pas pour, ne vota pas davantage contre. BNP Paribas, l'une des très grandes banques de la place, choisit effectivement de s'abstenir. « L'abstention de BNP Paribas est presque aussi importante que les votes en faveur de la résolution ! », se réjouit Lucie Pinson, directrice de Reclaim Finance[1], une organisation à but non lucratif qui s'était impliquée dans la campagne en faveur de la résolution. Dans un premier temps, BNP Paribas, soutenant Total, avait désapprouvé la résolution. Mais en choisissant finalement de s'abstenir, la grande banque signalait pour la première fois publiquement au conseil d'administration du groupe pétrolier que les engagements pris par l'entreprise n'étaient pas suffisants au regard de sa responsabilité climatique.

Un an plus tard, en mai 2021, deux événements frappants. D'une part, lors de son assemblée générale, le projet de Total (rebaptisée TotalEnergies) en matière d'émission carbone, grandement critiqué par ses détracteurs, est adopté avec 91,88 % des voix – ce qui atténue la portée de la revendication des opposants de 2020. D'autre part, aux États-Unis, un fonds d'investissement activiste, Engine n° 1, détenteur de seulement 0,02 % du capital d'Exxon parvient contre toute attente à faire élire trois administrateurs au conseil d'administration sur la base d'une stratégie favorisant résolument la décarbonation des activités. Un fait qui prend toute son ampleur lorsqu'on resitue Exxon comme héritière de la Standard Oil, l'une des premières « majors » de l'énergie, fondatrice du capitalisme américain.

Depuis 2020, certains actionnaires activistes et institutionnels d'entreprises estiment donc qu'une société commerciale se doit de tenir compte des impacts climatiques susceptibles d'être engendrés par l'utilisation de ses produits. Qui l'eût imaginé il y a quelques années ? Outre leur force symbolique, ces événements soulignent que la responsabilité sociale de l'entreprise, cette fameuse RSE, pourrait ne plus suffire. Après s'en être longtemps contentés, certains acteurs clés de l'économie souhaitent aller plus loin, afin que la maximisation de la valeur actionnariale conduise, pour de bon, à un optimum économique, environnemental et social.

La RSE dépassée

On se tromperait en pensant qu'avant la décennie pivot, la nécessité de prendre en compte l'environnement dans la politique d'approvisionnement et de production de l'entreprise n'était apparue à personne. Divers acteurs économiques l'avaient mise depuis longtemps au cœur de leur action, mais ils demeuraient marginaux. Pour la vaste majorité des entreprises, de telles considérations étaient hors de propos, à la périphérie de leur « être » comme de leur « faire » ainsi que l'illustre le terme « externalité ».

Que recouvre ce vocable ? L'ensemble des effets externes, positifs ou négatifs, que produit une activité sur le collectif, sur le commun. Imaginons un individu qui prend sa voiture pour filer en vacances le jour des grands départs. En soi, ce comportement n'a rien de répréhensible. Pourtant, il contribue à créer un désagrément collectif : les embouteillages. Celui-ci se mesure selon les divers indicateurs que sont le temps perdu par tous dans les bouchons, et la pollution de l'air et du milieu vivant qui en résulte – taux de substances nocives dans l'atmosphère et accroissement des troubles respiratoires au sein de la population. Il s'agit bien là d'externalités, ces effets dépassant les contours de l'activité de l'individu en elle-même. En l'occurrence, des externalités négatives.

Il en va de même pour les entreprises. Piocher sans limite dans la nature des matières premières, les transformer en produits, vendre ensuite ces produits, puis embrayer sur un nouveau cycle de production prélèvement-transformation-vente, c'est ignorer délibérément les externalités, pourtant innombrables. Les conditions dans lesquelles ont été extraites les matières premières ont peut-être dégradé les écosystèmes naturels au-delà de leur capacité régénérative. Les processus de fabrication ont utilisé de l'énergie, ils ont émis des effluents dans l'air, la terre ou l'eau. L'emballage, le stockage, le transport des produits ne sont pas sans conséquences sur l'environnement. Non plus que leur utilisation finale, et ce que l'on en fait après – décharge ou recyclage…

À partir du moment où l'on intègre dans le périmètre de l'entreprise la prise en compte des externalités qu'elle engendre, ainsi que les actions nécessaires pour les réduire, les compenser ou les annuler entièrement, il convient de nommer cette extension de son activité. Il existe bien une expression consacrée : « responsabilité sociale, ou sociétale, de l'entreprise », ou RSE. Cet acronyme est d'ailleurs sur toutes les lèvres depuis vingt-cinq ans. Force est pourtant de constater qu'aujourd'hui, il n'a plus la même signification qu'à son origine. Et quand les mots se vident de leur sens, ou n'arrivent pas à s'incarner dans une réalité, la chose qu'ils sont censés signifier n'existe pas davantage. Il est temps de dépasser la RSE et, en premier lieu, de comprendre d'où vient son insuffisance.

Un terme amorphe

Ici comme souvent, tout se joue autour des mots.

Qui est responsable de la RSE ? Chaque employé ? Les dirigeants ? L'entité juridique « société » ? Les actionnaires ? Mystère ! Pourquoi « l'entreprise » serait-elle « responsable » de ce qui n'est contenu ni dans son objet ni dans son intérêt social ? Et d'ailleurs, responsable de quoi au juste ? Qui dit responsabilité dit comptes à rendre, faute, pénalité et peine. Quand on pose la question de la responsabilité, très peu savent où elle s'arrête. Et pas plus où elle commence… Nul ne sachant vraiment qui est responsable de quoi, l'interprétation *pro domo* règne. La performance… économique, financière, oui, l'entreprise connaît. S'il s'agissait de mesurer la performance sociale et environnementale de l'entreprise, tout le monde comprendrait. Alors, pourquoi avoir choisi ce mot « responsabilité », inadapté et flou, aux connotations de surcroît effrayantes ?

Quant à l'épithète « sociale » ou « sociétale », les externalités évoquées concernent tout autant la nature et l'environnement. On peut donc s'étonner. Pourquoi cette prépondérance, dans les termes, de la dimension sociale ? Pourquoi n'avoir pas inclus un adjectif tel qu'« environnemental » ?

Enfin, nous l'avons dit et répété, l'entreprise n'existe pas réellement en droit. Si les responsabilités juridiques des mandataires représentant les diverses formes de sociétés – directeurs généraux, gérants – sont juridiquement bien définies, elles n'incluent pas de façon explicite les externalités au sens où nous venons de les évoquer.

Par suite, on comprend que la RSE, comme toute notion mal pensée, ait peiné à prouver son efficacité. Pour autant, des efforts de définition ont cherché à en préciser les contours. Ainsi la Commission européenne définit-elle la RSE comme « l'intégration volontaire par les entreprises de préoccupations sociales et environnementales à leurs activités commerciales et à leurs relations avec les parties prenantes[2] ». Et d'expliciter : « Une entreprise qui pratique la RSE va donc chercher à avoir un impact positif sur la société tout en étant économiquement viable[3]. » Le flou n'en demeure pas moins. Quels sont les acteurs engagés par la RSE ? Les mandataires ? Tous les directeurs ? Chaque salarié ? En quoi consistent concrètement les obligations ? Quelles sont les sanctions prévues ?

Certes, des normes, telle que la norme ISO 26000, précisent les dimensions essentielles de la RSE : gouvernance, droits de l'homme, relations et conditions de travail, prise en compte de l'environnement naturel, droit des consommateurs, impact sur les communautés et le développement local. Certes, des acteurs spécialisés dans la collecte de données à grande échelle ont produit des kyrielles d'indicateurs, inventé des indices sur les dimensions ESG (environnementales, sociales, de gouvernance). Mais, d'une agence de notation à l'autre, ces dimensions ESG diffèrent, de même que les mesures retenues pour des indicateurs pourtant affublés du même nom… Des chercheurs ont ainsi déterminé que les différentes évaluations ESG portant sur les mêmes entreprises ne convergeaient pas entre elles [4]. Allez vous y retrouver !

Tout cela manque de clarté, de simplicité. Et donc, d'efficacité. Bilan des courses : sur les vingt-cinq dernières années, la RSE s'est vidée de sa substance, tant intellectuelle que pratique.

La RSE : une contrainte qui paie ?

La véritable question est ailleurs et elle taraude les décideurs économiques autant que les chercheurs.

Malgré les difficultés que nous venons de lister, est-il payant de s'engager volontairement dans une démarche RSE ? Supposons une entreprise gérée selon les critères de la vision actionnariale. Le « plus » écologique ou social de ses produits sera-t-il vraiment perçu par les clients et consommateurs ? Au point de leur faire accepter de payer un surcoût ? Et quel effet cet engagement aura-t-il sur les salariés ?

On a longtemps cru qu'il était à peu près impossible de répondre. La première difficulté tient à la particularité des industries. On ne peut comparer le bâtiment et la production d'autos, la fabrication de yaourts et les services à la personne. La seconde, nous l'avons dit, réside dans l'absence d'harmonisation entre les indicateurs des différents fournisseurs de données. Enfin, chaque entreprise étant unique, on prétend souvent qu'elle ne saurait être comparée à ses concurrentes. Or, toutes ces objections tombent les unes après les autres grâce aux progrès des études économétriques. Depuis vingt-cinq ans, les techniques d'identification des effets de la RSE sur la productivité des salariés, l'innovation de l'entreprise ou la performance se sont précisées. Et elles nous livrent leurs leçons.

On peut désormais l'assurer, une entreprise qui s'engage sérieusement pour lutter contre des effets négatifs liés à son processus de production fidélise mieux ses salariés. En outre, la satisfaction qu'y trouvent ces derniers et l'impression de donner du sens à leur travail améliorent leur productivité comparativement à celle de leurs homologues dans une entreprise similaire sans engagement RSE. Il est également démontré que les entreprises accordant à la RSE une place centrale ont une plus forte capacité d'innovation : + 10 % de brevets, environ. Ou encore qu'une politique RSE reconnue constitue une sorte d'assurance, car en cas de problème sérieux – fuite dans une usine, accident industriel, rappel d'une série de produits défectueux, actes graves commis à l'encontre de collaborateurs, etc. –, les entreprises bénéficiant de la meilleure réputation RSE perdent moins de chiffre d'affaires et de rentabilité que les autres. D'une certaine façon, avoir une bonne réputation, celle d'une entreprise citoyenne et engagée, joue comme une assurance contre les mésaventures. Mais il ne s'agit que d'un pistolet à un coup. À la deuxième catastrophe, l'effet assurantiel disparaît [5, 6, 7, 8, 9, 10, 11].

Quant à la performance financière, il ressort que les clients sont disposés à payer un léger surcoût – environ 3 % en moyenne et jusqu'à 10 % – pour les produits d'une entreprise engagée dans la RSE [12]. Sur ce point, toutefois, les différences d'une industrie à l'autre s'avèrent considérables : autant le surcoût envisageable est important dans l'agroalimentaire, autant il est proche de zéro dans les cosmétiques ou l'habillement. De même, la grande majorité des études montrent que la RSE a un effet soit nul, soit légèrement positif, sur la rentabilité de l'entreprise. L'une de ces études, fort célèbre, a suivi la valeur de portefeuilles de titres pendant plus de dix années. Entre les actions des entreprises les plus orientées RSE et celles des entreprises qui en sont les plus éloignées, l'écart de rentabilité est en faveur du portefeuille orienté RSE. Et il croît à mesure que le temps passe, pour un risque initial identique[13].

La balance semble donc pencher en faveur de la RSE. Avant de conclure, on peut évidemment se demander s'il n'y aurait pas un biais. Et si les entreprises engageant des politiques de RSE se trouvaient être dès l'origine les plus profitables ? Le résultat obtenu ne ferait que corroborer leur supériorité de fait, indépendamment de la RSE. Or, non. Les études les plus récentes ont pris garde à cet aspect, en comparant des entreprises à profitabilité égale.

Dans ces conditions, on s'étonnera légitimement que toutes les entreprises ne s'engagent pas dans une course effrénée à la RSE. Pourquoi cette réticence ? D'abord, il a fallu du temps avant d'évacuer les problèmes liés aux indicateurs, aux mesures et aux méthodes d'estimation des effets de la RSE. Ce n'est que depuis le milieu des années 2010 que les preuves s'accumulent et que les bénéfices latents se révèlent les uns après les autres. Ensuite, d'autres moyens existent pour obtenir des avantages similaires à ceux de la RSE : l'investissement dans les machines et la technologie permet d'accroître la productivité du capital ; une bonne réputation peut s'acquérir en s'attachant des stars et des influenceurs... La concurrence est multidimensionnelle, elle ne s'établit pas uniquement sur la base de la RSE !

C'est en partie ce qui explique que les investisseurs ne valorisent guère la différenciation procurée par la RSE. S'y ajoutent deux autres raisons. D'une part, beaucoup des effets de la RSE sont prospectifs. Les objectifs demeurent lointains et sont, de surcroît, souvent peu porteurs d'économies sonnantes et trébuchantes. Réduction de tant d'émissions de CO_2 dans vingt ans ; x heures de formation cumulées au cours de la décennie qui s'ouvre ; remplacement du plastique dans le processus de fabrication, ce qui coûtera plus cher par unité produite... Les résultats apparaissent incertains et, surtout, déconnectés de la motivation principale des investisseurs, qui est d'obtenir le retour positif sur investissement le plus grand possible à court terme pour un niveau de risque donné.

L'autre raison tient au fait que, pendant longtemps, les actions RSE engagées par les entreprises – actions philanthropiques ou mécénat – restèrent dissociées de leur cœur de métier. Plutôt que de sauver les tigres, les chouettes, les abeilles, ou de promouvoir l'alphabétisation de régions entières, se disaient les investisseurs, les dirigeants feraient mieux de consacrer toute leur énergie à améliorer leurs produits et à tailler des croupières à leurs concurrents ! On ne peut leur jeter la pierre. Quand on s'est vu confier par ses mandants des fonds considérables, avec pour mission de les faire fructifier, on ne souhaite pas nécessairement les investir dans la préservation des tigres ou des abeilles. Aussi, les prix, médailles et trophées divers distinguant les entreprises à la performance RSE la plus élevée s'avèrent-ils sans effet sur le cours de leurs actions en Bourse. On s'en est rendu compte en les comparant sur dix années à ceux de firmes semblables – en termes d'industrie, de taille et de performance – restées au pied du podium. Toutes ces récompenses n'apportent en effet aucune information nouvelle aux investisseurs.

Elles favorisent en revanche le changement de mains des actions, on l'a constaté depuis cinq ans. Les investisseurs orientés sur le long terme achètent plus volontiers les actions des lauréats, jugeant sans doute que ces entreprises distinguées pour leur impact favorable en RSE connaîtront des lendemains encore meilleurs. Sur un seul indice, le Dow Jones Sustainability Index, on a pu calculer qu'une entreprise mondiale ainsi primée voit 0,4 % de son capital coté en Bourse se déplacer vers des actionnaires privilégiant le long terme. En apparence peu élevé, ce chiffre, qui ne concerne qu'un seul indice et une seule année, est en vérité significatif. Car si l'entreprise se maintient au fil des ans parmi les meilleures, sur le plan de la RSE, la structure de son capital finit par se stabiliser, ce qui lui permet de poursuivre une stratégie RSE qui contribue à sa performance, quoique portée vers le long terme[14].

Et quelques patrons de s'interroger...

On le voit, des fissures apparaissent dans l'édifice hermétique de la vision actionnariale. Entendons-nous bien. Les sociétés, ces personnes morales qui portent juridiquement les entreprises humaines, restent à but lucratif. Mais une certaine porosité se fait jour. Elles ne peuvent plus s'abstenir de prendre en compte, aux sens psychologique et comptable du terme, certaines de leurs externalités. Des dirigeants s'avancent en ordre dispersé pour le signifier. Et des acteurs importants sur les marchés financiers, même s'ils ne disposent pas encore de tous les outils ni de toutes les mesures nécessaires, sentent également que les temps ont changé. Les risques climatiques, sociaux, politiques et sanitaires font désormais partie de l'équation qu'ils doivent maîtriser, à savoir un haut niveau de retour financier pour un risque donné. Car aujourd'hui, ces risques deviennent littéralement incalculables. Dans ces conditions, n'est-il pas plus sage de miser sur les entreprises qui prennent au sérieux les conséquences environnementales, sociales, politiques et sanitaires de leurs activités de production ?

Par définition, ce sont elles, non leurs concurrentes, qui maîtrisent le mieux les différentes sources de risques !

Le cas BlackRock

Dans l'univers du placement et de l'investissement, certains acteurs misent sur une stratégie de gestion que l'on pourrait qualifier de passive, et qui consiste à devenir le plus gros possible, afin de répartir son risque sur toutes les sociétés qui représentent les activités économiques humaines. Ce faisant, on est à peu près sûr de ne pas faire moins bien que la moyenne du marché et de conserver la confiance des institutions qui délèguent la gestion de leurs actifs. Parmi les grandes sociétés gestionnaires de ces actifs financiers, trois possèdent à elles seules 25 % des droits de vote exprimés aux assemblées générales des 500 plus grandes entreprises américaines, du fait de leurs prises de participations au capital d'entreprises : BlackRock, Vanguard et State Street. Elles détiennent également quelque 5 % du total des actions des plus gros indices mondiaux, comme le CAC40 en France.

Avant la crise de la Covid, en décembre 2019, les actifs sous gestion du seul BlackRock s'établissaient à 7 400 milliards de dollars. C'est beaucoup, c'est énorme ! Pour disposer d'éléments de comparaison et se faire une idée, il faut s'aviser que la valorisation des entreprises du CAC40 représente environ 2 000 milliards de dollars, que le PIB de la France équivaut à 2 800 milliards de dollars et le budget de l'État français à 350 milliards de dollars... C'est dire le niveau astronomique des sommes entre les mains de ces sociétés colossales. BlackRock est à la fois la plus puissante et la plus diversifiée. Mais cette force se révèle être aussi une faiblesse quand frappent des risques systémiques, c'est-à-dire des risques pour lesquels la diversification ne peut vous protéger. Ainsi, en mai 2020, en pleine crise sanitaire, la valeur des actifs sous gestion de BlackRock était tombée à 6 400 milliards de dollars. Pourquoi ? Parce que la Covid-19 touche tous les secteurs, tous les pays... Et la gestion passive ne peut rien contre ce genre de risque. De même que la valeur de ses actifs monte avec le niveau de la croissance économique, elle baisse quand cette marée de croissance descend.

Depuis 2018, chaque mois de janvier, Larry Fink, directeur général de BlackRock, adresse une lettre à tous les PDG des grandes sociétés du monde entier pour leur répéter le même message. Il est de la plus haute importance, leur dit-il en substance, que vous ayez et énonciez clairement une stratégie d'affaires intégrant les enjeux climatiques et y répondant. Si vous souhaitez maintenir la confiance de vos investisseurs – et, à terme, votre siège – vous devez prendre en compte cette nouvelle source de risque. Une seconde lettre, cette fois adressée aux actionnaires, exhorte ces derniers à s'engager dans la même voie : vous devez prendre en compte ces risques systémiques, il vous revient de jouer votre rôle auprès des sociétés et de leurs dirigeants afin qu'ils intègrent à leurs décisions les dimensions extra-financières. Il y va de l'intérêt de tous de concilier une stratégie de long terme et une performance économique positive.

À lire ces quelques lignes, on se dit que les jours de l'entreprise friedmanienne sont comptés, et que le monde économique est en train de basculer dans une autre dimension. Quelques observateurs ne manquent pourtant pas de relever des détails troublants. Ces gestionnaires « passifs » dont BlackRock est le fleuron, disent-ils, comptent parmi leurs actions, c'est mathématique, celles de bon nombre des plus grandes sociétés mondiales championnes d'émissions de composés chimiques, régnant sur les secteurs les plus polluants de la planète, telles les industries extractives, agricoles et autres. À ce titre, ils siègent dans leurs assemblées générales et, curieusement, lorsque le vote porte sur des résolutions favorables au climat proposant de suivre la trajectoire de l'accord de Paris, ils se prononcent toujours contre, à plus de 95 %[15]. En mai 2020, BlackRock lui-même, premier actionnaire de Total, avec un peu plus de 6 % du capital et 5 % des droits de vote, n'a pas soutenu la résolution proposée par le groupe des onze actionnaires dont nous avons parlé plus haut. Tout cela ne serait donc que gesticulation ? Que communication bon marché ?

Nous ne le pensons pas. Car l'équation est là. Pour investir les actifs qu'elles gèrent, ces sociétés ont besoin d'ajuster leur risque. Or, comme nous l'avons explicité, le risque est devenu systémique. Ainsi que le rappelait Henri de Castries, alors PDG d'AXA, l'un des premiers assureurs mondiaux, un monde à + 4 °C n'est plus assurable. Le risque systémique que font peser le réchauffement climatique ou une pandémie oblige à repenser l'économie même de l'assurance, qui repose, rappelons-le, sur le caractère aléatoire des risques – les petites cotisations versées par tous permettent de réparer les dommages importants, mais rares, subis par l'un ou l'autre. Si les événements à l'origine des dommages deviennent moins aléatoires, voire quasi certains, et qu'ils touchent la plupart des membres d'un collectif, le principe même de l'assurance vole en éclat.

Le monde économique est en train de changer, et ce changement est irréversible. Jusqu'il y a peu de temps, lorsque les patrons d'entreprises présentaient leur bilan devant leurs investisseurs et les analystes financiers, aucune question ne leur était jamais posée sur le risque climatique, la politique RSE ou les objectifs en développement durable. Ce n'est plus le cas aujourd'hui. Encore anecdotiques, ces questions ont toute chance de devenir bientôt un passage obligé. Et ce jour-là, ni les éléments de langage agencés par la communication institutionnelle, ni les actions philanthropiques lancées sur une inspiration, ni quelques projets RSE ne suffiront plus à convaincre.

BRT19, B7-19…

Deux événements illustrent les caractéristiques de cette période de mutation, écartelée entre le désir d'aller de l'avant et la pesanteur d'un modèle en voie d'obsolescence. Ils concernent cette fois les patrons et se déroulent pendant deux de leurs grands rassemblements, l'un et l'autre en 2019, moins d'un an avant l'irruption de la Covid-19.

Le premier se tient aux États-Unis en août 2019 et réunit, comme chaque année, un groupe de 181 PDG de grandes entreprises américaines, le Business Roundtable (BRT). Depuis sa création en 1972, ce groupe brille plutôt par son orthodoxie friedmanienne, édictant des mesures qui visent le plus souvent à protéger l'entreprise actionnariale. Cependant, cette année-là, le BRT fait une déclaration qui retentit telle une bombe dans le ciel d'été. Son objet : redéfinir dans son règlement la finalité de l'entreprise, ni plus ni moins. Le rêve américain est vivant, mais il s'affaiblit, constate en préambule Jamie Dimon, le président du BRT, également PDG de l'une des principales banques mondiales, JPMorgan Chase & Co, et l'un des survivants de la crise de 2008. Partageant la même inquiétude, les 181 membres du groupe signent donc un protocole commun : « Nous nous engageons à apporter de la valeur à nos clients, à investir dans nos employés, à traiter équitablement et éthiquement nos fournisseurs, à contribuer au bien-être des communautés où nous sommes implantés, et à générer de la valeur de long terme pour nos actionnaires. Chacune de ces parties prenantes est essentielle. » C'est à cette seule condition, conclut Jamie Dimon, que le rêve américain perdurera[16].

Il est déjà surprenant de voir les 181 patrons des plus grandes sociétés américaines prendre fait et cause pour l'ensemble des parties prenantes. Mais le plus stupéfiant est assurément la place dévolue à l'actionnaire dans la liste de ces dernières : la cinquième, celle qui clôt l'énumération, en queue de peloton. Vingt-deux ans plus tôt, en 1997, le même BRT stipulait que « le devoir suprême [*paramount duty*] du management et du conseil d'administration est envers ses actionnaires. Les intérêts des autres parties prenantes ne sont pertinents qu'en ce qu'ils dérivent de ce devoir envers les actionnaires[17] ». L'idée que le conseil d'administration doive composer avec des intérêts opposés entre les différentes parties prenantes était alors qualifiée de « fallacieuse » et d'« impraticable ». Fallacieuse, car posant de façon erronée le rôle des dirigeants ; impraticable, car n'offrant aucun principe efficace pour arbitrer entre les intérêts divergents.

La réaction à cette déclaration tombée du ciel comme une météorite ne se fait pas attendre. Dès le lendemain, le CII (Council of Institutional Investors), qui regroupe les plus gros investisseurs de la place, avec 4 000 milliards de dollars d'actifs sous gestion, monte au créneau. Cette définition de la finalité de l'entreprise, s'indigne-t-il, réduit les actionnaires à de simples pourvoyeurs de capitaux ! Elle ne traite pas de façon équitable leurs intérêts particuliers. Il s'agit là d'un affaiblissement potentiel du droit des actionnaires sans contrepartie tangible ni opposable, d'un reniement des obligations des dirigeants d'entreprise. Pour le CII, l'affaire est claire : les objectifs sociaux ou environnementaux n'incombent pas aux entreprises, mais aux gouvernements.

En ce même mois d'août 2019, la France s'apprête à accueillir à Biarritz le sommet du G7 qu'elle doit présider. Depuis le début de l'été, on s'active beaucoup pour le préparer et les conférences vont bon train, réunissant de multiples instances des mondes économique, universitaire et politique. Les universités des sept grandes économies du monde – États-Unis, Royaume-Uni, Canada, Allemagne, Italie, Japon et France –, qui forment l'U7, tentent de proposer des perspectives unifiées sur l'enseignement supérieur au XXIe siècle. Les patronats des sept grands ne sont pas en reste, qui réunissent leur B7 (B pour business) à Aix-en-Provence pour une réflexion commune. À l'invitation du Medef, et après des discussions nourries, une déclaration semble prendre forme. Faisant écho à celle du BRT, elle appelle à dépasser la vision actionnariale en vigueur depuis quatre ou cinq décennies pour dessiner l'entreprise de demain. Tout semble près d'être conclu, quand l'un des sept membres du B7 refuse de signer. Au nom des entreprises qu'il représente dans ce cénacle, il ne s'en sent pas la légitimité, argue-t-il. La gouvernance de l'entreprise se trouve trop affaiblie par cette déclaration qui fait entrer trop d'intérêts potentiellement mal alignés avec ceux des actionnaires, voire avec l'intérêt social de l'entreprise elle-même. Qui est donc ce représentant ? Ni celui du Royaume-Uni, ni celui des États-Unis, comme on aurait pu le soupçonner. C'est celui de l'Allemagne. Malgré quelques interruptions de séance, des discussions en groupe et en aparté, cette défection se maintiendra. Et le président du Medef ne pourra finalement pas transmettre aux dirigeants politiques une proposition révisant la définition de l'entreprise et sa finalité. La réunion plénière du G7 se tiendra à Biarritz du 24 au 26 août, sans déclaration fracassante du patronat. Beaucoup de bruit pour rien ? Sûrement pas. Quelques années plus tôt, une telle discussion entre les patronats de ces sept grandes puissances économiques aurait été simplement inconcevable.

Oui, dans les faits, les patrons s'interrogent. En de nombreux endroits de la planète. Et dans les plus hautes sphères. Certains investisseurs aussi. Les échanges relatés ici témoignent des tensions qui parcourent le monde. Le modèle friedmanien n'est plus l'alpha et l'oméga de la définition de l'entreprise. Le débat est ouvert, et au plus haut niveau de décision économique, sur ce qui établit les normes de fonctionnement du capitalisme. Les années qui s'ouvrent détermineront si, face aux difficultés nouvelles – crises systémiques, rapports de force redessinés entre puissances atlantiques et pacifiques – des approches plurielles du capitalisme coexisteront et se feront concurrence. Un pôle stable de capitalisme étatisé est maintenant en place, celui du modèle chinois. Longtemps restés campés sur un capitalisme d'inspiration friedmanienne, les États-Unis, sous l'impulsion de l'administration Biden, vont-ils renouer avec une tradition plus keynesienne où les missions et devoirs de l'entreprise seraient redéfinis, comme le laissent penser certaines premières décisions ? Quant à l'Europe, elle tente de concevoir une voie alternative, de façon encore balbutiante. L'avenir reste à inventer.

Chapitre 6

L'entreprise confrontée à la réalité

C'est au moment où la vision actionnariale, en plein essor, se focalisait sur la croissance du profit, que les dangers menaçant les conditions de vie de l'espèce humaine sont apparus dans toute leur ampleur. La société s'est mise à attendre de l'entreprise qu'elle se montre à la hauteur de ces enjeux. Nous l'avons dit, ses attentes furent déçues, si bien que l'entreprise a perdu de sa légitimité dans l'esprit d'une opinion publique peu informée des initiatives énoncées dans le chapitre précédent. Aux yeux des citoyens, le modèle actionnarial défini par Friedman semble continuer de prévaloir. Ce n'est pas si faux, car peu d'entreprises se sont réellement engagées dans une réflexion de fond sur la validité de ce modèle, et encore moins nombreuses sont celles qui ont tenté de l'amender. Les belles déclarations du Business Roundtable et du B7 de 2019 sont restées lettre morte. On peut être tenté de jeter la pierre aux patrons d'entreprises qui poursuivent leur route comme si de rien n'était, mais avant de les condamner en bloc, il convient de se placer de leur point de vue. Ainsi comprendra-t-on peut-être mieux pourquoi la survenue de la pandémie de Covid-19 pourrait bien être l'événement décisif qui clora le chapitre friedmanien.

L'entreprise face aux grands enjeux planétaires

Pendant longtemps, les entreprises n'ont guère vu de lien entre les grands enjeux planétaires et le périmètre de leurs actions et responsabilités. Au-delà de toute considération sur leur plus ou moins bonne volonté, la prise en compte de ces enjeux, tout bonnement, ne coïncidait pas avec leurs modes de fonctionnement.

Des enjeux hors jeu

Comme ces questions d'émissions de gaz à effet de serre ou de biodiversité semblent loin de l'action du dirigeant d'une société commerciale et des intérêts de ses actionnaires ! En quoi concernent-elles le directeur général d'une grande société internationale cotée, dont l'objectif essentiel est de satisfaire ses mandants… lesquels n'aspirent qu'à un retour sur capitaux investis plus élevé que celui des concurrents ? Si les actionnaires ont mis leurs biens au service d'une entreprise collective, n'est-ce pas pour « profiter des bénéfices de l'économie qui pourra en résulter », ainsi que l'énonce l'article 1832 du Code civil ?

Pourtant, il est des questions posées par de nombreux spécialistes, que ces dirigeants ne peuvent plus faire mine d'ignorer. Comment, avec des ressources planétaires limitées, assurer une croissance économique illimitée ? Comment coordonner les activités économiques et politiques pour assurer la paix, quand les ressources essentielles à la simple survie – eau, nourriture – se raréfient ? Quand les conditions minimales de la vie sociale – un travail digne, un revenu décent – ne peuvent plus être assurées [1, 2] ?

Reste qu'entre ces enjeux planétaires brandis comme des totems sous le nez des dirigeants, et le périmètre limité de leurs objectifs et de leur action, la déconnexion semble totale. Car ces enjeux ne concernent pas un marché avec une clientèle ou des payeurs solvables. Alors, en quoi concernent-ils l'entreprise ? Ils ne sont pas chiffrables, chiffrés, opposables en droit. Pourquoi l'entreprise devrait-elle s'en préoccuper, quand tant d'autres modes d'organisation ont pour mission de veiller à la biodiversité, à l'application des lois sur l'emploi et les salaires, ou à la vérification du respect des normes concernant la pollution ? Ces enjeux sont globaux, énormes, multiformes. Quel lien avec l'activité souvent hyperspécialisée de l'entreprise [3] ?

Soucieuses de combler ce fossé, les Nations unies ont défini les ODD (pour mémoire, les objectifs de développement durable) pour 2030, afin de fournir un cadre précis à la participation de l'entreprise à l'intérêt général. Ces objectifs, nous l'avons dit, sont au nombre de 17. Le site Internet de l'ONU est explicite : « Les objectifs de développement durable nous donnent la marche à suivre pour parvenir à un avenir meilleur et plus durable pour tous. Ils répondent aux défis mondiaux auxquels nous sommes confrontés, notamment ceux liés à la pauvreté, aux inégalités, au climat, à la dégradation de l'environnement, à la prospérité, à la paix et à la justice. Les objectifs sont interconnectés et, pour ne laisser personne de côté, il est important d'atteindre chacun d'entre eux, et chacune de leurs cibles, d'ici à 2030[4]. » Rappelons-en quelques-uns : éliminer la pauvreté, la faim et parvenir à l'égalité entre les sexes, à un travail décent pour tous, à une consommation et une production responsables, à la préservation de la vie sous-marine et terrestre…

En somme, ces divers objectifs se veulent une boussole stratégique. Mais une boussole définit un cap à suivre. Or, les dirigeants d'entreprises se contentent le plus souvent d'examiner au sein de leurs activités habituelles celles qui sont les plus compatibles avec certains de ces objectifs. Les pratiques concrètes n'en sont pas modifiées et l'on se contente de rhabiller l'ordinaire aux couleurs de l'objectif n° 3 ou du n° 12…

Des fonctionnements usuels mal ajustés aux enjeux

Pourquoi ce décalage entre les objectifs de développement durable et la méthode adoptée ? D'abord, parce que l'idée même d'entreprise a été dévoyée par la vision actionnariale qui a prévalu pendant plusieurs décennies. Ensuite, parce que l'entreprise n'est pas articulée pour embrasser des enjeux à la fois si étendus, si profonds et si insaisissables.

Afin d'assurer une performance financière optimale, les entreprises ont mis en place tout un ensemble de processus d'anticipation, de suivi, de décision, qui leur permettent de gérer de nombreuses situations usuelles. De là vient leur efficacité organisationnelle et opérationnelle, qui garantit de servir plus de clients en moins de temps et avec plus de satisfaction, et d'utiliser moins de ressources, en matière et en temps humain, pour des résultats meilleurs. Quelles sont les unités de mesure retenues pour estimer la qualité de ces processus ? Le nombre de défauts par million de pièces, le coût unitaire de matières utilisées, le nombre de clients satisfaits par quantité de services fournis… Quant aux impacts environnementaux et sociétaux de la production, la chose étant jusque tout récemment hors de propos, nul indicateur n'a été forgé pour les jauger. La performance opérationnelle étant seule à avoir une incidence sur la performance financière, la vision actionnariale de l'entreprise s'est focalisée sur elle, à l'exclusion de toute autre considération.

Formés au moule de cette vision, les décideurs n'ont ni le temps ni la motivation nécessaires pour repenser leurs actions et leurs décisions à l'aune d'objectifs non financiers. S'ils le faisaient, n'agiraient-ils pas contre leur intérêt bien compris ? Les objectifs qu'ils doivent atteindre pour conserver leur poste et leur rémunération variable ne sont nullement alignés avec la prise en compte de dimensions exogènes à leurs bilans et autres tableaux de bord... Aussi, ceux qui prennent vraiment au sérieux les objectifs de développement durable quittent-ils le plus souvent la grande entreprise pour aller mener ailleurs une action conforme à leurs convictions.

Il a fallu du temps pour démontrer que, contrairement à la doxa, l'optimisation par chaque entreprise de ses sources de profit ne conduisait pas à un optimum pour tous, qu'il soit économique, social ou écologique. C'est pourtant un fait, sans arrangement institutionnel approprié, la poursuite de l'intérêt privé aboutit nécessairement à la dissipation de biens communs. Elinor Ostrom, première femme à recevoir le prix de la Banque de Suède en sciences économiques – prix Nobel d'Économie en langage courant – en 2009, trente-trois ans après Milton

Friedman, est aussi l'une des premières économistes à avoir insisté sur ce point[5]. Eh non, l'efficacité des processus en place, l'hyperspécialisation dans certaines activités et la poursuite de l'intérêt particulier des entreprises n'assurent pas toujours la prospérité la plus grande et la plus durable pour la société dans son ensemble. Ni pour les entreprises elles-mêmes, d'ailleurs. Laissez les entreprises de pêche poursuivre leur seul intérêt économique, c'est la fin des poissons… et de l'activité de pêche, par la même occasion ! Pour que cette activité essentielle puisse perdurer, il a fallu mettre en place des règlementations appropriées, définir des quotas de prélèvement. Au-delà de cet exemple, on ne s'en est avisé que depuis peu, il existe des biens communs, des ressources naturelles, qui doivent être traités de façon particulière pour ne pas se tarir. Ce qui nécessite la coopération entre acteurs publics, société civile et entreprises.

Une prise de conscience progressive

Reste que les grands enjeux environnementaux et sociaux dépassent de toutes parts, c'est indéniable, les attributions de chaque entreprise particulière. À chacune sa finalité propre, bien éloignée de ces aspects globaux et enveloppants. Quel lien entre mon activité de restauration et le réchauffement climatique ? Entre mes activités bancaires et la biodiversité ?

Entre la distribution de biens en tous genres et la pollution des eaux ? Et quand bien même j'établis ce lien, mon influence est-elle significative ?

De plus en plus de décideurs, pourtant, commencent à se persuader qu'ils ne peuvent continuer comme si de rien n'était. Dès lors leur devient-il difficile d'ignorer les dérèglements multiples qui leur sont imputés, à tort ou à raison. En tant que dirigeants, se disent-ils, il est de leur ressort d'agir, au moins en réduisant les nuisances engendrées par l'activité économique de leur entreprise. D'autant que des opportunités se font jour dans ce contexte périlleux. Alors que dans les années 1980, la grande question était : « Comment avoir des idées sans pétrole ? », elle est aujourd'hui devenue : « Comment avoir des idées sans CO_2 ? ». Toute contrainte, on le sait, constitue un ferment pour innover et donc déployer de nouvelles stratégies. L'équation se pose désormais en ces termes : comment répondre aux impératifs écologiques et sociétaux sans compromettre sérieusement la rentabilité du capital investi ? Il s'agit de se montrer inventif.

Longtemps, les entreprises, soucieuses de leur indépendance, ont préféré effectuer elles-mêmes les principales tâches liées à leurs activités. Mais la pression de la concurrence, la recherche de la qualité et la nécessité de l'innovation ont fini par répandre alliances et partenariats. Chaque entreprise apporte son expertise, sa force, et des progrès sont ainsi réalisés.

Citons l'alliance Renault-Nissan qui, malgré sa complexité, semble avoir porté ses fruits à l'échelle mondiale dans les véhicules électriques. La coopération entre la Nasa et Space-X, avec le transport d'astronautes vers la station spatiale internationale. Ou encore le partenariat entre le géant américain Pfizer et la start-up allemande BioNTech, qui a abouti au premier vaccin contre la Covid-19. Toutes ces alliances avaient en vue la réalisation d'un produit, qu'il s'agisse d'une fusée, de voitures électriques ou d'un vaccin.

Beaucoup de dirigeants envisagent à présent de mettre ces coopérations au service des objectifs de développement durable, notamment la réduction des empreintes négatives. L'impact de telles initiatives étant proportionnel à la taille des entreprises qui les lancent, une entente peut s'établir afin de cibler efficacement un impact particulier, comme réduire l'utilisation des plastiques dans une chaîne de fournisseurs et de production, ou compenser les émissions de gaz à effet de serre sur l'intégralité du processus de création, de production, et de distribution d'un service ou d'un produit… Veolia et Danone ont ainsi mis au point une collaboration multidimensionnelle, visant l'empreinte hydrique et l'avenir du plastique. L'objectif ne manque pas d'ambition, puisque Danone s'est engagé, d'ici 2025, à utiliser au moins 35 % de PET – un plastique pétrosourcé – recyclé dans les bouteilles de l'ensemble de ses marques. Cette coopération permet à deux grandes entreprises de profiter de leurs savoir-faire techniques respectifs : le traitement de l'eau et des déchets dans le cas de Veolia, et la réduction de l'empreinte écologique d'un des leaders de la production alimentaire, s'agissant de Danone, pour lutter efficacement contre un fléau écologique.

On voit ici comment un type de stratégie, l'alliance complémentaire, initialement conçue à des fins de profit – unir les forces de deux entreprises en vue de réaliser un produit plus compétitif – peut s'avérer fructueuse dans une perspective extra-financière, sans pour autant léser la performance d'aucune des deux parties. L'adaptation de ce type de stratégie à de nouvelles finalités ne contrevient en rien à l'objectif de bénéfice de l'entreprise, tout en lui permettant de répondre efficacement aux attentes de la société.

La crise de la Covid-19 : un révélateur salutaire

Par leur survenue, les crises, dans leur sens premier (*krisis* : action de choisir, de distinguer), ont ce mérite de faire table rase des routines figées, d'obliger à prendre de grandes décisions. La crise de la Covid-19 n'y fait pas exception. En bouleversant les sociétés de la planète, elle a tout à la fois précipité des prises de conscience et sommé les décideurs de réagir.

S'il est une prise de conscience que l'on doit au confinement, c'est bien celle de l'utilité de l'entreprise.

Qu'est-ce qui a permis aux sociétés de ne pas s'effondrer sur elles-mêmes au printemps ou à l'automne 2020 ? Les activités économiques assurées par les entreprises, nul ne songe à le nier. Pour que la population ne manque pas des produits indispensables, des entrepreneurs ont maintenu la production, des collaborateurs ont préservé les livraisons, les approvisionnements ou la montée en charge des réseaux Internet et de télécommunications. C'est grâce aux entreprises que les services essentiels n'ont pas été interrompus, grâce à elles que, malgré l'isolement forcé, les fonctions vitales de tant de pays ont pu être préservées. Et c'est l'association de grandes entreprises – Pfizer, AstraZeneca... – avec de plus petites – BioNTech, Moderna... – qui a fourni en un temps record les principes d'une vaccination pour tous contre la Covid-19. La crise sanitaire a ainsi rappelé ce que l'on avait trop longtemps oublié : l'entreprise est utile ; mieux, elle est nécessaire. À certaines conditions, elle est un bienfait, qui va au-delà de la création de richesses et de la prospérité. Il était grand temps que l'on s'en souvienne.

L'entreprise, un lieu de sociabilité

Longtemps, la vie sociale a été étroitement encadrée et rythmée par la famille, l'école, la religion ou l'armée... Beaucoup de ces institutions se sont affaiblies, désagrégées ou ont été redéfinies. Dans un monde où les anciens repères vacillent ou s'estompent, l'entreprise reste l'une des rares institutions permettant de se sentir soutenu et de participer à une histoire collective, voire de faire partie de la grande histoire, lorsqu'un produit ou une marque deviennent iconiques. Elle reste l'un des derniers lieux de stabilité et de solidarité, bien que la vision actionnariale l'ait, hélas, parfois fait oublier.

Car l'entreprise n'est pas seulement un endroit où se croisent des collaborateurs. Elle est aussi pétrie d'une temporalité propre, rythmée de multiples manières. La Covid-19 nous l'a durement rappelé. Dans les entreprises qui ont dû interrompre brutalement le travail ou l'ont repris tardivement, les personnes seules, isolées, mises au chômage forcé, ont été extrêmement fragilisées, en raison du délitement d'une vie professionnelle qui leur donnait des points de repères tant spatiaux que temporels. On connaît les vertus des rituels pour les sociétés humaines. Ces habitudes bien ancrées, ces petites cérémonies collectives, peuvent sembler mineures, mais elles ne le sont pas.

Se retrouver autour d'un café avec son équipe permet de lancer la journée et de lui donner un souffle. Se coordonner chaque mardi, au sein d'un département d'enseignement, pour déterminer les contenus des séances de cours, tout au long d'un trimestre, voilà qui scande la vie professionnelle d'un universitaire et le soude à ses collègues. À cause de la pandémie et des confinements, les rencontres annuelles avec les 500 cadres dirigeants du groupe Veolia ont dû être annulées (en 2020) ou se tenir en visioconférence (en 2021). Cette déritualisation du calendrier annuel a affecté les dirigeants autant que les salariés. À HEC Paris comme dans tant d'universités du monde, les cérémonies de remise des diplômes, qui marquent chaque année la fin de la scolarité pour 3 000 élèves accompagnés de leurs proches, se sont déroulées elles aussi en visioconférence. Ceci fut vécu par tous comme une privation. Quelque chose manquait pour clore le parcours universitaire et initiatique qui ouvre sur la vie professionnelle.

L'histoire de l'entreprise et les histoires humaines en son sein sont indissociables. Le lancement de tel produit est un grand succès, et c'est telle équipe qui fait date ! À l'inverse, l'histoire individuelle trouve souvent un écho au sein de l'entreprise. Quand survient une épreuve personnelle, on est heureux de recevoir le soutien de ses collègues. Par la socialisation qu'elle exerce, l'entreprise joue souvent un rôle d'amortisseur. Car elle n'est pas qu'un centre de profit, elle est une organisation humaine, avec des rites, des mythes, des mémoires, des événements, une matière physique et temporelle qui forgent tant d'identités singulières…

En imposant massivement le télétravail, la crise sanitaire a permis de mesurer la fonction proprement sociale de l'entreprise. Pendant ces mois pénibles, on s'est en effet avisé que la téléconférence ne suffisait pas à combler le besoin de rencontre. Qu'au-delà de l'échange d'informations, un dialogue impromptu au détour d'un couloir, un mot lancé par une porte ouverte, contribuaient à donner sens et couleur à une journée de travail. Que l'entreprise, pour la majeure partie d'entre nous, est le lieu par excellence de la sociabilité.

On estime qu'au printemps 2020, durant la première vague épidémique, le télétravail a fait grimper de 5 à 30 % la productivité. Et les tenants de la vision actionnariale d'en tirer aussitôt la conclusion que l'on peut donc réduire la surface des lieux de production ! Moins de locaux, moins de frais et, cerise sur le gâteau, une productivité améliorée… Nous ne sommes pas de ceux qui applaudirent aux résultats de ces enquêtes. Car à quel coût humain cette hausse de productivité est-elle advenue ? Semblable situation est-elle durable ? Le travail ne consiste pas seulement à produire des biens et des services. Il est aussi source d'émancipation et d'épanouissement, par la fréquentation des autres, par les échanges informels, par les réalisations collectives accomplies, par la socialisation qu'il implique. On ne peut s'épanouir tout seul.

Non, le télétravail n'est pas une panacée, bien que son utilité soit indéniable. Il permet, certes, de réduire les temps de transport, la fatigue et le stress qu'ils engendrent, également de mieux se focaliser sur certaines tâches. Pour rédiger, relire, se concentrer sur l'élaboration d'un tableau, on n'est jamais aussi bien que chez soi, dans son salon ou son bureau. Mais s'il s'agit de construire ensemble quelque chose ou d'inventer à plusieurs une solution, le télétravail touche ses limites. Concevoir l'offre de gestion d'un service d'eau potable pour une grande ville exige de rassembler les idées de nombreuses personnes et d'agréger, de façon cohérente, de multiples talents. Agencement des différentes briques, ajustements, améliorations progressives... tout cela requiert des itérations intensives et des échanges quasiment simultanés. Or le télétravail est séquentiel, fragmenté en réunions balisées. Il n'est pas adapté à la co-construction, à la créativité collective. En pointant clairement les situations et les tâches que favorise le télétravail, et celles qu'il contrarie, la crise de la Covid-19 aura sans doute permis de mettre fin à un débat qui tournait en rond. Elle aura aussi souligné l'évidence : pour mener à bien une entreprise commune, il faut passer du temps les uns avec les autres, dans un même lieu.

Ce lieu, c'est l'entreprise, une mosaïque d'espaces physiques où se déroulent des interactions humaines, entre les collaborateurs, avec les fournisseurs et les clients. Sites de production, QG, antennes, filiales internationales... tout cet ensemble constitue un tissu. Que ce tissu se déchire, et l'entreprise est en danger, la crise de la Covid-19 l'a clairement montré. Pendant le confinement, certaines entreprises ont fermé leur siège. C'est depuis leur domicile que les dirigeants ont affronté la tempête, et leur action s'en est trouvée entravée. Car comment faire face à une crise majeure sans poste de pilotage ni équipe soudée dans ce poste ? Veolia a conservé son siège ouvert durant toute la crise. Ce choix fut compliqué à mettre en œuvre, et d'abord incompris lorsque la décision de confinement fut annoncée le 16 mars 2020. Quelle folie ! disaient certains, rien de tel pour créer un cluster… Au paroxysme de la crise sanitaire, une cinquantaine de personnes s'y croisaient chaque jour, malgré le risque. Mais ce risque assumé a renforcé une cohésion et une réactivité qui se sont révélées déterminantes.

L'entreprise, une organisation vivante

Afin d'assurer la meilleure performance financière, la vision actionnariale, nous l'avons vu, a imposé à l'entreprise tout un ensemble de processus permettant de gérer les tâches usuelles avec une efficacité optimale. Partant d'un étrange présupposé, celui de la routine comme contexte naturel. Or peuvent survenir de nulle part des événements imprévus aux conséquences majeures, les crises. Une centrale nucléaire se doit d'anticiper les séismes, les tsunamis. Une société d'autoroutes, les carambolages, les pannes, les trous sur la voirie. Pour les accidents prévisibles, des processus sont prédéfinis. Mais lorsque survient l'inimaginable, qui échappe conséquemment au domaine des probabilités, il n'en existe aucun en réserve pour faire face[6]. C'est à l'initiative humaine de prendre le relais.

Avec la crise de la Covid-19, la chaîne humaine assurant le fonctionnement des processus s'est soudain trouvée amputée d'une grande partie de ses maillons par l'obligation du télétravail. Quand la plupart des opérateurs sont absents, comment assurer les échanges d'informations entre départements ou unités de l'entreprise ? Le circuit naturel est rompu, bien qu'il soit pourtant indispensable. Nul autre choix que de le réparer dans l'urgence afin que l'entreprise puisse continuer de tourner.

Dans la grande majorité des secteurs d'activité, les processus qui relient les équipes entre elles ne se rétablissent pas à distance. Il faut que des personnes clés soient physiquement présentes sur leurs lieux de travail pour effectuer cette tâche primordiale. Et leur motivation à prendre des risques, à imaginer des solutions inédites pour répondre à des situations extrêmes, n'obéit pas aux incitations miracles de la boîte à outils friedmanienne – augmentation du salaire, de la prime, du bonus. Elle repose sur les valeurs oubliées de conscience professionnelle, de solidarité, de courage ou de civisme. Que ce soit chez Veolia, à HEC Paris, ou partout ailleurs sur le territoire, seuls le dévouement et la détermination de nombreuses personnes ont permis que soit assurée la mise à disposition des services essentiels, qu'il s'agisse de soins apportés aux malades, d'accès à l'eau, à la connaissance ou aux produits vitaux, de gestion des déchets et tant d'autres choses encore dont nous avions oublié l'importance fondamentale avant d'en être privés brutalement.

Quant à la capacité des uns et des autres à réparer les processus défaillants, elle repose sur des qualités que l'entreprise ne valorisait plus guère depuis bien longtemps. Savoir écouter l'autre pour comprendre ses attentes, ses besoins. Se mettre à sa place s'il n'est pas là. Intégrer dans ses propres tâches, ou celles de son équipe, les préoccupations des autres unités. Sans ces qualités proprement humaines, que ne nécessitent pas des process bien huilés dans la routine ordinaire, comment pallier les défections, rétablir la fluidité nécessaire au bon fonctionnement de l'entreprise ? La crise a mis en évidence qu'à trop se reposer sur des processus si perfectionnés qu'ils fonctionnaient d'eux-mêmes, les dirigeants et managers avaient fini par oublier que l'entreprise n'est pas une machine. Elle est une organisation vivante, composée d'êtres humains.

Et parmi ces humains, les dirigeants et managers eux-mêmes, qui pour certains ne s'en souvenaient plus. Quand les repères s'effondrent, quand les processus lâchent, chacun se tourne vers le dirigeant de l'entreprise, vers les directeurs d'unité, vers les chefs d'équipes, pour leur demander que faire en l'absence de consignes prédéfinies. Dans de telles périodes, la mobilisation des managers, leur capacité à prendre des décisions et des initiatives, leur courage, sont déterminants. Dès lors que toute décision s'accompagne de risques, lesquels faut-il accepter de prendre et lesquels refuser ? Certains préfèrent se mettre à l'abri en prétextant s'astreindre aux consignes générales pour ne pas commettre d'erreur que l'on pourrait ultérieurement leur reprocher. D'autres, animés par leur sens des responsabilités, savent s'affranchir des consignes caduques pour prendre des initiatives. C'est grâce à ces derniers que nombre d'entreprises, dont Veolia, sont parvenues à faire face en ces temps troublés.

Le fondement de l'entreprise révélé par la crise

En somme, cette crise aura souligné que le fonctionnement de l'entreprise est plus subtil et plus complexe qu'on ne le pensait, en tout cas fort éloigné du modèle simplifié que propose la vision actionnariale et de la caricature qu'agitent les adversaires idéologiques de la propriété privée et du capitalisme. Son organisation ne se résume pas à une juxtaposition de « cubes » alimentés par des flux d'informations, de services ou de matières. Elle tiendrait plutôt du puzzle, un ensemble de pièces uniques, non substituables, qui s'emboîtent étroitement les unes dans les autres. Très intégrée et collaborative, elle est constituée d'unités interdépendantes. La fluidité et l'efficacité du fonctionnement routinier avaient fait perdre de vue cette vérité. La tempête passée, si l'on veut que l'entreprise fonctionne à nouveau, même en mode dégradé, il convient de redessiner finement les pièces du puzzle. Et pour cela, la participation de toutes les équipes est nécessaire.

La crise aura aussi rappelé qu'au cœur de l'entreprise est son projet. Un projet porté collectivement par des femmes et des hommes, et non par des processus ne mettant en œuvre que des routines programmées et des idées figées. C'est cette humanité qui seule confère à l'entreprise la souplesse nécessaire pour résister aux crises, la pandémie l'a démontré. Aussi est-ce d'abord sur elle qu'il faudra compter pour répondre aux défis titanesques qui s'annoncent, énumérés notamment par les 17 objectifs de développement durable des Nations unies.

On en a vu apparaître un début de preuve lorsqu'à Guayaquil, la première ville d'Équateur et la plus touchée par le virus parmi toutes les villes où le groupe Veolia est implanté, les équipes locales ont pris l'initiative de mettre en place un système de distribution d'eau potable par camion dans les bidonvilles. Pour délivrer ce service essentiel dans ces zones doublement pénalisées par la pauvreté et par la forte prévalence de la Covid-19, elles se sont exposées, elles ont pris des risques. À s'en tenir à la vision actionnariale de l'entreprise, elles n'auraient même pas dû y songer. De même, lors du premier confinement, c'est en vertu de la seule solidarité, et non de quelque intérêt financier, que Veolia a ouvert les portes de son Campus de Lyon aux sans domicile fixe, parmi lesquels de nombreux migrants. Les étudiants étant rentrés se confiner chez eux, ce vaste centre d'apprentissage, avec chambres et espaces de restauration, était vide. Hébergement, accès à l'eau, aux toilettes, aux douches… Dès lors que l'entreprise était en mesure d'offrir ces biens de première nécessité à ceux qui manquent de tout, ce geste allait de soi. Du moins, dans une logique de simple humanité et en conformité avec l'objet de « l'entreprise commune » qui réunit les équipes de Veolia.

Paradoxalement, il nous faut donc peut-être louer cette crise qui, nécessité faisant loi, aura contraint l'entreprise, et pas seulement quelques-uns de ses patrons, à se réinterroger sur ce qu'elle est vraiment. Certainement pas une organisation mécanique, une machine à produire du résultat financier, mais une organisation vivante, constituée d'humains animés d'émotions, portés par des valeurs et des aspirations. Un collectif qui œuvre à l'accomplissement d'une tâche dépassant chacun de ses membres. Grâce à cet électrochoc salutaire, à condition bien sûr d'en tirer les leçons, l'entreprise peut sortir renforcée de la tourmente qu'elle affronte actuellement, forte d'une nouvelle conscience, d'une nouvelle légitimité.

Partie 3

Entre shareholder et stakeholder : le troisième récit

Le lecteur a désormais connaissance de ce qui constitue le terreau où s'enracine notre réflexion. Premier constat : le divorce de la société d'avec l'entreprise est entériné, provoqué par la vision actionnariale un temps efficiente, mais réductrice de l'entreprise, et pourtant érigée en doxa. Second constat : face aux nouveaux défis d'envergure planétaire auxquels est confrontée l'humanité, des acteurs de l'entreprise et des politiques lancent des initiatives en rangs encore désordonnés pour amender un système qui prend l'eau. À l'aune des crises de la décennie pivot et de la pandémie de Covid-19, leur point d'orgue, la nécessité se fait jour de substituer sans tarder un système cohérent à cette conception. L'heure n'est plus aux mesures éparses… Nous en avons la conviction, notre vision de l'entreprise élargie, mûrie pendant douze ans au fil de réflexions croisant les regards de chefs d'entreprises et de personnalités académiques, propose une voie à la hauteur des enjeux du XXIe siècle.

Chapitre 7

L'entreprise élargie, une entreprise plus forte

Aux yeux des citoyens d'aujourd'hui, l'entreprise n'a guère changé. En vérité, comment le pourrait-elle se demandent-ils, rejoints en cela par les orthodoxes de la vision actionnariale. En affaires, le pragmatisme prévaut, et les beaux principes s'y dissolvent, l'insuffisance de la RSE en témoigne. Assurément, on ne voit guère comment la « machine à faire du profit » chevauchée par les actionnaires et les patrons pourrait se transmuter d'un coup de baguette magique en pourvoyeuse de bienfaits pour tous sans renier son objet premier. C'est donc en pragmatiques que nous entendons répondre à ces objections légitimes. En démontrant, d'une part que l'entreprise offre des réponses efficaces et à grande échelle aux enjeux du XXIe siècle, d'autre part qu'en élargissant sa vision, non seulement elle ne dérogera pas aux vertus du capitalisme, mais elle en réduira les vacuités et les déséquilibres.

La clé de voûte : l'utilité

À l'échelle de l'histoire humaine, la limitation des ressources primaires et énergétiques fossiles de la planète n'a été que récemment actée. Et ses effets commencent déjà à se faire sentir. C'est pourquoi il est légitime de se demander aujourd'hui quel est le système de coordination économique le plus approprié au maintien du bien-être de l'espèce humaine dans ce nouveau contexte.

Économie de marché ou économie d'État ?

L'économie de marché repose sur la liberté d'entreprendre. Toutefois, cette liberté se doit d'être encadrée afin d'en limiter les nuisances éventuelles, d'où une réglementation précise, définie notamment dans le Code de commerce, le Code du travail, le Code de l'environnement, etc. S'il s'agit de produire des biens simples, tels que l'huile ou la farine, ou des services élémentaires, comme la restauration ou la coiffure, point trop de questions existentielles. Les processus sont contrôlés, les dégâts éventuels restreints. Mais dès que la mise en œuvre du projet et l'utilisation par les clients du bien proposé commencent à avoir de larges répercussions sur l'ensemble de la société, l'affaire se corse. Pensons au téléphone portable ou à l'automobile, dont la fabrication et l'usage entraînent des conséquences environnementales et sociétales en tous points du globe. Sans le vouloir nécessairement, l'entreprise devient alors un enjeu politique au sens profond du terme. Dans sa récente redéfinition, le Code civil tempère la liberté de s'associer afin de créer des sociétés gérées dans l'intérêt des associés en obligeant la société commerciale à prendre en considération les impacts environnementaux et sociaux de ses activités.

Pour les opposants à l'économie de marché, ni cette clause ni aucune autre ne saurait suffire. À leurs yeux, le capitalisme est une appropriation indue des profits, puisque ceux-ci résultent de l'exploitation des ressources communes et d'une expropriation d'autres ayants droit. Aussi préconisent-ils de le remplacer par une économie centralisée, dont le principe peut s'énoncer ainsi : en tant qu'autorité souveraine, seul l'État est apte à répartir de façon juste ces ressources limitées et les bénéfices de leur exploitation. L'économie d'État se caractérise par une coordination resserrée, planifiée, encadrée ; ce sont les responsables politiques qui définissent ce qui est utile ou non, essentiel ou non, prioritaire ou non. Toutefois, si les principes sont souvent bien intentionnés, l'histoire a permis de constater qu'ils engendrent *in fine* des travers pires que les maux qu'ils étaient censés combattre. Parce que la superstructure technocratique finit toujours par oublier qu'elle n'est qu'un moyen, pour devenir sa propre finalité. L'étatisation est la voie la plus sûre vers le totalitarisme.

Il nous semble désormais patent, depuis une cinquantaine ou une soixantaine d'années, que la liberté d'association, la délégation de gestion à des professionnels, l'échange d'informations de la façon la plus décentralisée – bref, les briques de base d'un certain capitalisme – constituent une méthode efficace pour servir le plus grand nombre. L'entreprise est le berceau de la créativité humaine, de l'innovation, et l'on doit à l'échange par le commerce, une des voies de pacification entre sociétés humaines. Pour relever les défis qui nous attendent dans le nouveau contexte de limitation des ressources naturelles – énergies fossiles, minerais, terres arables… –, il ne faut pas moins d'entreprise, non, il en faut plus.

Nous sommes des capitalistes militants. Nous en avons la conviction, l'entreprise peut se dessiner un futur meilleur. Repenser et redéfinir l'entreprise, tel est l'enjeu.

La raison d'être, ou l'utilité en marche

Identifier un besoin dans la société et tenter d'y répondre par un projet nouveau, ou sensiblement différent de ce qui existe déjà, telle est la démarche qui préside à la création de l'immense majorité des entreprises. Plus le besoin est essentiel pour l'ensemble de la société – approvisionnement en énergie, en eau potable, traitement des déchets des grandes métropoles –, plus il requiert de moyens importants pour être satisfait. D'où la dimension fondamentalement collective de l'entreprise. C'est grâce à la réunion de savoir-faire complémentaires, dont le capital humain est le gisement, et de moyens financiers souvent considérables qu'elle peut mener à bien son projet. Pour que ce dernier réussisse, il faut naturellement que la société – les clients ou les usagers – en confirme l'utilité par l'achat des biens ou des services produits, mais également que l'entreprise soit concurrentielle et légitime [1, 2]. À cette seule condition, l'entreprise survivra, grâce aux revenus qu'elle tirera de son activité, lesquels lui permettront de couvrir ses coûts – achat et entretien du matériel, paiement des salaires...

Une première mise au point s'impose donc. C'est parce qu'une entreprise est utile qu'elle prospère, et non l'inverse. Et c'est en demeurant utile qu'elle demeurera prospère. L'utilité d'une entreprise précède et nourrit sa performance économique.

Repenser l'entreprise demain, c'est par conséquent d'abord mieux comprendre et définir son utilité. Le peut-on de façon objective ? Non. L'utilité d'une entreprise dépend de l'esprit et de la volonté qui ont commandé sa fondation, d'où procèdent une culture et des valeurs singulières. Elle dépend aussi de la demande multiforme et versatile du marché qu'elle entend servir. L'utilité dans l'absolu n'existe pas. C'est pourquoi nous ne sommes pas favorables à l'économie administrée qui fige *de jure,* c'est-à-dire par le droit, l'utilité des organisations et de leurs productions. Souvenons-nous des difficultés pour définir administrativement les produits « non essentiels » pendant le deuxième confinement, en novembre 2020.

Toute entreprise a en revanche une raison d'être, qui définit sa volonté de construire quelque chose d'utile répondant aux attentes et aspirations d'individus – salariés, clients ou plus largement citoyens. En cela, l'entreprise, en tant qu'effort collectif, est un lieu de création de sens, et ce sens se matérialise sous forme de biens et de services. Rien de plus subjectif que le sens… Le monde en lui-même en a-t-il un ? N'appartient-il pas à chacun de lui en donner ? L'entreprise est l'une des voies possibles pour cela. Il convient alors de porter une attention toute particulière à l'élaboration et à l'énonciation de sa « raison d'être » : celle-ci doit définir un sens collectif à la fois partagé par tous ceux qui la constituent et en résonance avec les attentes de la société.

Depuis le vote de la loi Pacte, plusieurs centaines d'entreprises ont défini leur raison d'être[3]. Cette officialisation a le double mérite d'engager et de contraindre les acteurs de l'entreprise, et de présenter d'emblée à ceux qui entrent en contact avec elle la vision qu'elle a d'elle-même. Mais pour que la raison d'être serve à quelque chose, elle doit faire office d'opérateur critique. L'entreprise doit pouvoir se fonder sur elle pour analyser, évaluer, dresser un bilan, agir. Si elle se réduit à une assertion, à une pétition de principe, à un slogan, elle n'est qu'un colifichet. Certaines raisons d'être figurant dans des statuts d'entreprises ne sont que platitudes, dépourvues de consistance et d'exigence. Une véritable raison d'être ne saurait tenir en trois lignes. La raison d'être est la démonstration de l'utilité de l'entreprise et sa feuille de route pour avancer avec en ligne de mire cette utilité.

La raison d'être doit en outre refléter une synthèse équilibrée entre les divers points de vue s'exprimant au sein du conseil d'administration, ce qui nécessite de procéder à des arbitrages. Celle de Veolia, par exemple, très longue et détaillée, a été présentée publiquement en assemblée générale. Désormais connue de tous en interne, ainsi que des fournisseurs et des clients, elle offre simultanément un fondement et un guide à l'action de ses dirigeants et de ses collaborateurs, vers lesquels tout un chacun cherche à tendre. La raison d'être de l'entreprise est à la fois une clarification et une boussole. Dès lors, c'est en toute connaissance de cause que des individus rejoignent l'entreprise pour œuvrer avec elle à proposer à la société des solutions utiles, et à faire en sorte que des clients se tournent vers ces solutions quand elles répondent à leurs besoins. Non contente de définir et consacrer l'utilité de l'entreprise, la raison d'être est à même de lui conférer une véritable unité. Sur elle reposent sa force et sa pérennité.

Parties prenantes : un équilibre à inventer

On l'a compris, nous l'avons assez répété dans cet ouvrage, c'est en braquant le projecteur exclusivement sur deux catégories d'acteurs, les actionnaires et les patrons, que la vision actionnariale a déformé l'essence de l'entreprise. Pour retrouver pleinement son utilité, l'entreprise doit s'ouvrir aux intérêts de toutes les parties qui la composent. Aux côtés des *shareholders* ou détenteurs de parts du capital, les actionnaires, il s'agit de reconnaître les *stakeholders,* littéralement les « détenteurs d'enjeu, de mise, d'intérêt », plus communément appelés les « parties prenantes », soit les salariés, clients, fournisseurs, territoires, générations futures... Aux premiers, la maximisation de la valeur actionnariale *(shareholder value maximisation)* ; aux seconds, la théorie des parties prenantes de l'entreprise (*stakeholder theory of the firm*).

Voyons comment l'équilibre entre les parties prenantes peut s'ancrer dans la réalité des pratiques de gestion. Nous nous concentrerons ici sur trois protagonistes clés : les actionnaires, les salariés et les clients.

Ajuster les demandes de l'actionnaire

Rappelons-le en préambule : la vision élargie de l'entreprise ne se construit nullement contre les actionnaires, qui constituent une partie prenante essentielle et d'une utilité majeure puisqu'ils lui apportent du capital et orientent sa gouvernance. Le fait est que dans l'entreprise friedmanienne, les actionnaires trop impatients ou focalisés sur le seul impératif de résultats financiers ont pris à eux seuls les rênes du pouvoir, au détriment des autres parties prenantes. Il s'agit de rééquilibrer le balancier. Comment, concrètement ?

On l'oublie trop souvent, en tant que projet et que société, l'entreprise peut choisir ses actionnaires. Un projet d'entreprise attire un certain type d'actionnaires, qui apportent avec eux leur vision de l'entreprise. Aujourd'hui, plus de la moitié des actions du CAC40 sont détenues par des gestionnaires d'actifs et des investisseurs institutionnels. Or, plus le capital flottant est important, plus la pression visant la performance financière est forte. L'équilibre entre actionnariat patient et impatient, actionnariat de long terme et plus impulsif, voire algorithmique, dépend en fait largement du projet porté par les dirigeants.

Pour rééquilibrer les demandes des actionnaires, au-delà d'un plan stratégique convaincant, il existe une palette de solutions. Mentionnons-en une, intéressante, qui favorise la compréhension entre les parties prenantes et les solidarise au service de l'utilité de l'entreprise : l'actionnariat salarial, qui consiste à faire croître la part de capital détenue par les salariés, ainsi que le permet le droit français et international. Certes, il importe de trouver la bonne mesure pour que les intérêts de l'actionnaire par ailleurs salarié ne nuisent pas à ceux du salarié par ailleurs actionnaire, et réciproquement. Les intérêts en jeu pour un même individu ne doivent pas être disproportionnés. Sans quoi, l'une des deux parties prenantes se trouve privilégiée au détriment de l'autre. L'actionnariat salarié présente l'intérêt de faire toucher du doigt aux salariés ce que signifie d'être actionnaire. En outre, la direction de l'entreprise côtoyant quotidiennement ses salariés – contrairement à ses actionnaires classiques qu'elle ne rencontre que quelques fois par an –, elle sera plus encline à tenir compte de leur avis. L'écoute et la compréhension entre les diverses parties prenantes se trouvent donc favorisées par l'actionnariat salarié.

Last but not least, ce type d'actionnariat privilégie une vision à long terme et prémunit contre des décisions trop hâtives telles que des acquisitions inappropriées ou l'arrêt d'activités apparemment peu rentables mais en vérité essentielles. Encore faut-il, évidemment, que les salariés pèsent suffisamment lourd dans l'actionnariat, disons au-delà de 10 % du capital, même si la situation de chaque entreprise est à cet égard particulière. Chez Bouygues par exemple, les salariés détiennent 20 % du capital et 26 % des droits de vote ; chez TotalEnergies, respectivement 5 et 8 %. Ces derniers chiffres peuvent sembler faibles, mais ce n'est pas le cas, les actions de TotalEnergies étant réparties entre un grand nombre de mains. Ainsi, le premier actionnaire de TotalEnergies, BlackRock, qui détient 6 % des actions, n'a qu'un peu plus de 5 % des droits de vote... donc moins que les salariés.

Retenons de tout cela que pour tempérer les excès d'une certaine finance impatiente, définir un projet d'entreprise à l'utilité claire et indiscutable est un préalable nécessaire. Autour de ce projet pourront se regrouper des actionnaires prêts à s'engager sur le long terme, qu'ils soient salariés, investisseurs institutionnels ou autres. L'essentiel est qu'ils puissent faire contrepoids à ceux qui, ne croyant pas au projet, pourraient trouver un intérêt à parier à la baisse contre l'entreprise.

Impliquer les salariés dans les décisions

Toutes les études récentes le montrent, les salariés attendent bien plus qu'un salaire de leur engagement dans l'entreprise. Ils y cherchent un épanouissement personnel, qui procède en grande partie du sens qu'ils peuvent trouver dans leur activité. Le temps est révolu où le salarié laissait ses opinions à la porte de l'usine ou du bureau. Une nouvelle exigence se manifeste, celle d'une cohérence entre l'activité exercée en tant que salarié et la responsabilité citoyenne. Ce virage est particulièrement perceptible dans la nouvelle génération, qui ne transige pas avec la question du sens. Entrer dans une entreprise, soit. Mais à condition que son activité soit compatible avec le bien de la cité et celui de l'environnement, et que le salarié se sente respecté dans son travail. Cette double exigence se traduit tout naturellement par la demande de chacun d'être à la fois plus et mieux impliqué dans les décisions de l'entreprise, celles qui le concernent, mais pas seulement.

Nous en sommes convaincus, l'entreprise à vision élargie que nous appelons de nos vœux répond à cette attente et lui fait écho. Ne s'agit-il pas de fédérer dans un projet commun la raison d'être et le collectif qui constituent l'entreprise ? Et de reconnaître ce collectif comme créateur de richesse, de l'inclure équitablement dans le partage de la valeur créée ?

À rebours, sans la pleine adhésion des salariés, la vision élargie de l'entreprise ne saurait s'imposer à terme. Ils en sont à la fois la clé de voûte et les premiers bénéficiaires. Peu importe qu'ils soient définis comme des parties constituantes ou des parties prenantes, l'entreprise ne peut gagner que si son projet est partagé par ceux qui la font vivre. C'est un enjeu de performance et de durabilité autant que de justice sociale.

Sur ces bases renouvelées, et sans se laisser enfermer dans la sempiternelle opposition entre capital et travail, l'entreprise élargie devrait permettre d'enrichir les négociations collectives. On peut, certes, regretter la faiblesse du syndicalisme en France, mais le dialogue social n'en reste pas moins une condition indispensable à la réussite du projet commun. Ce qui exige d'y consacrer du temps et des moyens.

Établir la représentation des salariés dans les conseils d'administration peut également être une bonne solution. Cette représentation est devenue obligatoire depuis 2014 pour les entreprises de plus de 1 000 salariés et a été, la plupart du temps, reconnue comme positive par les administrateurs. Le dispositif a par ailleurs été renforcé par la loi Pacte. Souvent, la voix de ces représentants salariés a permis de prendre en compte d'autres réalités que celles exprimées par les dirigeants. Ils ont gagné leurs lettres de noblesse et d'administrateurs à part entière en démontrant qu'ils défendaient l'intérêt de leur entreprise. Soulignons par exemple que chez Veolia, 90 % des salariés n'ont pas le statut de cadre, et qu'il importe de bien prendre en compte les besoins, les aspirations de chacun pour la bonne conduite de l'entreprise.

Responsabiliser le client

L'élargissement de la vision de l'entreprise ne concerne pas seulement ceux qui travaillent en son sein. Il est une autre partie prenante dont le rôle est éminent pour que l'entreprise recouvre pleinement son utilité : le client.

Être utile au client, dira-t-on, c'est lui offrir des produits et des services à moindre prix. Sans doute. Mais à trop tirer sur les prix, on suscite des externalités négatives dans la chaîne économique. Les travailleurs du bout du monde pâtissent de cette réduction des coûts, affectant par exemple les conditions d'extraction de minerais. Dans un autre secteur, les agriculteurs français n'en souffrent pas moins. Et le client lui-même, au bout du compte, se retrouve lésé, avec de faibles garanties de service ou de qualité. En restant fixé sur le seul prix bas, l'acheteur contribue aux dérèglements écologiques et sociaux.

Paradoxalement, les clients directs ou indirects des entreprises sont par ailleurs souvent des salariés de celles-ci, des acteurs ou des habitants de territoires, des parents des générations futures, des écologistes convaincus… Or, dès qu'ils coiffent leur casquette de clients, en toute incohérence, ils exigent le produit ou le service le moins cher. Ce faisant, ils font souffrir l'entreprise en exigeant d'elle une part de la richesse qu'elle crée supérieure à ce qu'ils devraient obtenir, et ce, au détriment des autres parties prenantes. Eh oui, le client, lui aussi, peut être court-termiste et préférer le meilleur prix tout de suite ! Alors qu'en définitive, cette logique ne lui donne pas satisfaction, que ce soit en matière de qualité ou de durée de vie des équipements qu'il achète. Mais il lui faut du temps pour s'en apercevoir. Si le pouvoir du client s'affirme tant, ce n'est pas sans lien avec une vision étroite de l'entreprise. Dans cette vision binaire, les parties prenantes ont des rôles antagonistes, et la valeur qui n'est pas captée par l'une d'entre elles lors de la transaction apparaît comme perdue.

Ce travers s'étend bien au-delà des foyers et des consommateurs individuels. Une centrale d'achats agissant pour la grande distribution ou la distribution spécialisée n'est pas moins obsédée par le prix le plus bas. Et cela concerne même les collectivités publiques. Pour des appels d'offres publics, en théorie, le prix importe, mais parmi d'autres critères. Dans la pratique, c'est lui qui prévaut. Pourquoi ? Parce que pour des décideurs publics, il est bien plus facile de justifier le choix du moins-disant – quoi de plus incontestable qu'un chiffre ? – que celui du mieux-disant. Allez quantifier les avantages écologiques, sociétaux... À privilégier un projet plus cher qu'un autre, le risque est gros de se faire taxer de favoritisme, voire de collusion avec l'entreprise qui emporte le marché, par les opposants politiques ! Reste évidemment un moyen : négocier à la baisse l'offre du mieux-disant en le mettant en concurrence avec le moins-disant. À la clé, le beurre et l'argent du beurre, soit une offre de meilleure qualité à prix sacrifié... On le sait pourtant, le moins-disant financier engendre vite le moins-disant social et environnemental.

Une vision élargie de l'entreprise implique de faire comprendre aux clients qu'en tant que parties prenantes, ils n'ont pas intérêt à trop tirer la couverture à eux, au risque de la voir se déchirer. Quelles sont en effet les conséquences prévisibles de la course au moins-disant ? La disparition des entreprises responsables ou, à l'inverse, leur regroupement en gros conglomérats capables de résister à la pression sur les prix ou de créer des monopoles pour se protéger. Ou bien encore le développement des entreprises low cost, qui sacrifient la qualité des produits ou des services délivrés, et omettent de prendre en compte les répercussions sociales et environnementales de leur activité.

Certes, une frange de clients adopte aujourd'hui un comportement plus citoyen. Pour leur consommation courante, ils considèrent d'autres critères que le prix et s'interrogent... D'où viennent les ingrédients, les matériaux ? Comment ont-ils été transformés, fabriqués ? Et par quels fournisseurs ? Bien qu'elle augmente, cette fraction de la population demeure minoritaire, et son impact sur l'économie réelle reste faible. Elle impulse toutefois un mouvement qui va dans la bonne direction, celle des circuits courts, du respect des écosystèmes, d'une moindre utilisation de composés et d'additifs chimiques dans les processus industriels agricoles, textiles, manufacturiers, d'une économie de l'usage – recyclage, réemploi – plutôt que de la possession.

Dans une logique de responsabilisation des parties prenantes, l'avenir est au client éclairé, donc parfaitement informé. Et il ne tient qu'à l'entreprise d'atteindre ce but ! Outre le prix, les étiquettes des produits ont vocation à indiquer en toute transparence le montant des externalités induites, les marges du producteur… en résumé, tout ce qui concerne le mode de production, hormis, bien sûr, les secrets de fabrication et de savoir-faire. Certaines entreprises procèdent déjà ainsi, telle Écomiam, distributeur de produits surgelés breton qui a fait son entrée en Bourse en 2020. Le digital peut amener à une consommation et des achats plus réfléchis et plus responsables, ainsi qu'en témoignent certaines applications déjà existantes, comme Yuka, Nutrition Score ou Nova.

Qui dit client éclairé dit compétition plus juste pour l'entreprise et plus utile à la société, une compétition libérée de la dictature du prix bas escorté de sa ribambelle d'externalités négatives. La notion de concurrence, essentielle en économie de marché, prendra pleinement son sens en permettant au client d'ouvrir la boîte noire sur laquelle est collée l'étiquette du prix, et de choisir en toute connaissance de cause. Négatives comme positives, les externalités devraient désormais faire partie du produit. Charge aux entreprises concurrentes d'inventer, par leurs innovations, le moyen d'offrir le mix prix/qualité/externalités le plus désiré par les acheteurs. Le client demeurera souverain. Mais un souverain averti, ce qu'il est rarement aujourd'hui.

Solidarité de l'entreprise : des alliés pour se renforcer

L'entreprise est sous pression. Est-elle cotée en Bourse ? Pour peu qu'elle ne convainque pas de son utilité, des actionnaires peuvent gagner de l'argent en vendant à découvert les titres, accélérant la baisse de sa valeur. Non cotée ? Les actionnaires se déchirent bien souvent sur la stratégie à suivre. Pire, nous l'avons dit en préambule de cet ouvrage, notre société a divorcé d'avec l'entreprise. Au moindre dysfonctionnement, à la première critique un peu acerbe formulée par la presse, l'entreprise, coupable ou non, se retrouve clouée au pilori, ce qui détourne d'elle ses clients, ses partenaires, ses employés, et l'affaiblit encore davantage. Pour mieux résister aux pressions sans cesse renouvelées auxquelles elle est soumise, plus que jamais, l'entreprise a besoin d'alliés dans la société.

Mais avoir des alliés se mérite, cela ne se décrète pas. Leur soutien, leur support, leur solidarité suppose une réciprocité. C'est pourquoi l'entreprise doit non seulement mobiliser, à ses côtés et pour la soutenir, toutes les parties prenantes dont elle sert les intérêts, mais aussi faire preuve de solidarité vis-à-vis de publics externes. Ce raisonnement choquera peut-être par son pragmatisme. Comment ? La solidarité de l'entreprise n'est donc pas motivée par un pur altruisme ? Non. L'entreprise n'est pas solidaire par nature. Si elle l'était, la forme juridique retenue pour l'accueillir et la déployer ne serait pas celle d'une société commerciale… mais celle d'une fondation ou d'une association loi 1901. La solidarité qu'exerce l'entreprise vis-à-vis des différentes parties prenantes est donc intéressée. Elle en espère un retour. Il s'agit pourtant bel et bien d'une forme de solidarité. Reste à voir comment celle-ci doit s'exercer pour que chacun en tire le plus grand bénéfice et, pourquoi pas, peut-être même encore davantage que s'il s'agissait de pur altruisme.

Une première évidence, la solidarité humaine

En toute logique, le premier champ dans lequel l'entreprise peut exercer sa solidarité est celui de l'humain. L'entreprise offre des emplois. Belle occasion d'en proposer aux minorités – ethniques, de genre ou autres – qui n'en ont pas. Sur tous les aspects de la mixité, l'entreprise a un rôle à jouer pour l'égalité des chances, de rémunération, d'accès à la formation.

Il peut en revanche sembler moins évident de voir des entreprises s'impliquer sur des sujets extra-économiques tels que la lutte contre la pauvreté, la formation des jeunes sans qualification… Ces sujets ne sont-ils pas en dehors du champ d'action normal des entreprises ? En dépit des apparences, non. Car la valeur économique créée par l'entreprise ne peut être acceptée que si, en parallèle, elle crée de la valeur sociale, tout particulièrement dans les pays traversant une crise prolongée. En tant qu'organisme créateur de richesse, il en va de sa pérennité et de sa légitimité. Aucune activité économique ne saurait perdurer si elle ne répond pas aux appels pressants de son époque.

C'est dans ce sens qu'il faut comprendre la forte implication de Veolia en faveur de l'alternance et de l'accueil de jeunes en difficulté. Par l'alternance, Veolia désire donner à ceux qui n'ont pas pu se former la chance d'acquérir les qualifications dont ils ont besoin. De 2016 à 2020, le groupe Veolia a ainsi reçu près de 13 500 alternants, dont plus de 8 000 en France. Le taux moyen de réussite de ces alternants aux examens s'élève à 90 %. Des diplômes, allant du CAP au master, en passant par des bacs professionnels, sanctionnent les formations proposées. Pour parvenir à ce résultat, il a bien sûr fallu gagner l'appui de la sphère enseignante et des pouvoirs publics. À l'arrivée, tout le monde s'y retrouve : l'alternant, l'entreprise et le territoire.

Étant elle-même un acteur de la société et ne vivant qu'à travers celle-ci, l'entreprise ne peut s'abstenir de s'impliquer dans le champ social et sociétal. Sa compétitivité n'en est nullement amoindrie, bien au contraire. L'utilité, répétons-le, va de pair avec la prospérité. Reste qu'il ne faut pas tomber dans l'excès inverse, l'entreprise n'ayant pas vocation à devenir une

« entreprise providence », palliant tous les manques de l'État ou des services publics. Sa vocation demeure d'être profitable, et solidaire aussi par les impôts qu'elle paie sur ses bénéfices. Au-delà, si les actions de solidarité de l'entreprise sont intéressées, comment définir les champs légitimes où doit s'exercer cette solidarité ?

Champs de solidarité légitimes et raison d'être

C'est là que réapparaît la « raison d'être » de l'entreprise. La raison d'être, nous l'avons dit, définit la volonté de l'entreprise de construire quelque chose d'utile, répondant à des attentes et des aspirations. Elle doit faire office d'opérateur critique. Pour identifier ses champs de solidarité légitimes, l'entreprise a tout intérêt à s'appuyer sur ce guide dont elle s'est dotée. En ce qui concerne Veolia, il s'agira de la formation professionnelle, de l'emploi, de la répartition équitable des bénéfices, du soutien aux plus démunis afin qu'ils puissent accéder aux services essentiels… Mais ce champ de solidarité ne se limite pas à l'humain. Du fait même de ses activités essentielles, le groupe a un lien étroit avec un acteur non représenté juridiquement : l'environnement. Aussi la solidarité avec la planète figure-t-elle clairement dans sa raison d'être, et offre-t-elle une vaste étendue à son exercice. De même, de par ses métiers – traitement des déchets, fourniture d'eau, etc. –, Veolia est par définition un acteur ancré dans les territoires. De ce fait, il est naturel qu'elle cultive sa solidarité auprès de tous les acteurs concernés, et ils sont nombreux ! Citons, par exemple, les actions en faveur de l'innovation en agriculture urbaine et le soutien à toutes sortes d'associations sportives ou culturelles. Avec, comme de juste, une priorité pour les territoires les plus intimement liés au groupe.

Cela posé, on pourrait inverser le raisonnement. Pour définir une raison d'être, se demander au préalable de qui l'on veut être solidaire pourrait être une excellente façon de procéder. Qui souhaite-t-on avoir pour alliés, et donc vis-à-vis de qui est-il nécessaire de faire preuve de solidarité ? Une telle approche aurait le mérite d'obliger l'entreprise à s'interroger en profondeur sur les besoins et les attentes des multiples parties liées à son activité, qu'il s'agisse de ce qu'elle prélève dans son environnement, de la façon de transformer ces intrants, de les fournir ensuite à des acheteurs, ou de l'utilisation par les clients de ces biens et services. En quoi s'agit-il d'être utile ? À qui ? Quelles sont dès lors les solidarités dont l'entreprise a besoin pour garantir sa légitimité, bâtir sa compétitivité ?

Une certitude : pour être pérenne, une action de solidarité doit être corrélée avec ce que l'entreprise sait faire – son métier. Les actes de philanthropie hors de son périmètre de compétences, nous l'avons dit à propos de la RSE, ont toute chance d'être peu efficaces, incompris, voire tournés en dérision par l'opinion publique ou les médias. Dans le domaine de l'alimentation en eau, Veolia propose par exemple des « chèques eau » pour les plus démunis, des conseils pour bénéficier des aides sociales ou pour économiser l'eau... De telles initiatives, fortement liées aux métiers et au rôle du groupe, ne sont aucunement philanthropiques. La solidarité se distingue de la philanthropie en ce qu'elle espère une réciprocité. Une action philanthropique permet à l'entreprise de s'acheter une bonne conscience ou de soutenir des causes chères à tel ou tel dirigeant. En revanche, elle ne reflète nullement son utilité intrinsèque et ne lui vaudra donc aucun allié soucieux de sa pérennité.

Les entreprises peuvent difficilement réussir dans une société qui échoue et, en tout état de cause, ne pourront pas prospérer longtemps dans une société qui décline. Aussi la solidarité au sens le plus élargi, encadrée par la raison d'être, n'est-elle pas un petit plus superflu : l'entreprise qui l'exerce à bon escient y gagne de meilleures chances de perdurer.

Chapitre 8

Vers une performance multicritère

La vision friedmanienne doit son immense succès à sa simplicité mathématique, garante d'efficacité. Fixant aux entreprises pour unique objectif le profit maximal, elle a élaboré des indicateurs exclusivement financiers. Rien de plus aisé, dès lors, que d'évaluer et comparer les indices de performance entre entreprises, entre régions, au cours du temps, par trimestre ou sur un an. Dans la vision élargie de l'entreprise, la simplicité fait place à la complexité. Le profit découle de la démonstration de l'utilité de l'entreprise auprès de certains acteurs essentiels à sa survie et son développement. C'est ainsi que pour évaluer la performance de l'entreprise, les indicateurs financiers ne suffisent plus. Or comment concilier la rigueur nécessaire d'une évaluation avec la prise en compte d'objectifs relevant de ce qui semble difficilement quantifiable ?

Vers un nouvel alignement

Autour d'une vision élargie de l'entreprise, centrée sur sa raison d'être qui englobe des objectifs pluriels, un nouvel alignement se met en place. Les dirigeants politiques, économiques et les financiers ressentent le besoin de changer de thermomètre pour mieux capter les conséquences de l'activité économique sur l'environnement et sur la société dans son ensemble. Réviser la croissance, mieux penser les rémunérations, intégrer le temps long au calcul de la valeur de l'entreprise, trois mots d'ordre concrets pour changer de trajectoire.

Dirigeants politiques : une vision élargie du PIB

Dans le monde d'hier, où les ressources étaient « inépuisables », et la richesse censée ruisseler, les États et les entreprises marchaient allègrement et à l'unisson vers une croissance économique infinie. Telle était la loi du progrès. Peu à peu, le beau modèle s'est grippé. La croissance infinie ? Impossible dans un monde aux ressources – énergétiques, écologiques, systémiques – finies [1]. Et quelle croissance en vérité, quand d'année en année, le système produit de plus en plus de nuisances pour des apports marginalement décroissants ? Face à des enjeux tout à la fois multidimensionnels et régis par des dynamiques non plus linéaires mais exponentielles, force est de constater que la main invisible d'Adam Smith a la tremblote. Les marchés ne s'autorégulent plus qu'imparfaitement.

La simplicité a vécu, qui mesurait la performance et le progrès à l'aune d'un critère unique. C'est que, tout simplement, la sacro-sainte croissance a rompu avec le progrès.

Qu'entend-on en effet par « croissance », ce mantra des politiques et des économistes ? La variation annuelle de quelque chose de bien précis, en l'occurrence le produit intérieur brut, ou PIB, qui mesure le total de la valeur marchande des biens et services produits en un an à l'intérieur des frontières d'un pays. Une variation censément à la hausse, comme l'indique le choix du mot « croissance ». Prenons pour exemple celle de la France. En partant d'une base 100 en 2010, la croissance française grimpe jusqu'à 112 en 2019. Arrive la crise de la Covid-19, qui force à l'arrêt de la production dans de nombreux secteurs. L'indice dégringole, que voici à la fin 2020 aux environs de 102.

Pris dans l'absolu, le mot « croissance » recouvre-t-il la qualité des services essentiels d'un pays ? Non. Le bien-être social lié aux institutions humaines, comme la confiance, le sentiment de sécurité ou de liberté ? Pas davantage. Ne pouvant se mesurer en unités financières fiables, ces critères sont exclus du champ de la croissance d'un pays. Dans ces conditions, les décideurs publics et privés, qui n'ont de boussole que le PIB, les repoussent hors de leur viseur. Non par égoïsme ou désintérêt, mais parce qu'ils ne font en cela que suivre les voies de leurs prédécesseurs, qui procèdent ainsi depuis la Seconde Guerre mondiale.

Car lorsque tout était à reconstruire, cet indicateur simple a permis de mettre en place de nombreuses politiques publiques et de prévoir les comportements économiques tant individuels que collectifs. Il avait l'avantage de se décliner à de multiples niveaux – mondial, régional, national, sectoriel, de l'entreprise… Pratique, aisément compréhensible et prédictif, il s'est imposé comme l'indicateur passe-partout sur lequel baser toutes sortes de décisions monétaires, budgétaires, d'investissements, de crédits, etc. Il fit d'ailleurs merveille lors des Trente Glorieuses.

Mais depuis le début du XXIe siècle, il révèle ses limites, devient moins prédictif, moins compréhensible, en somme moins pratique. Si bien que de nombreux économistes se sont avisés que pour évaluer l'activité productive humaine, cet outil était fort imparfait. Pourquoi réduire la croissance à celle de la valeur marchande des biens et des services ? Pourquoi ne pas intégrer dans le calcul l'épuisement du stock des matières premières – hydrocarbures, mais aussi minerais ou autres ? Et s'il s'agit d'apprécier le développement d'une société, pourquoi ne prend-on pas en compte l'accroissement et l'enrichissement des capacités humaines ? Telles sont les questions que pose le rapport Stiglitz-Sen-Fitoussi, s'appuyant sur les travaux d'Amartya Sen [2].

La croissance ne mesure pas le progrès, car elle a omis d'inclure l'humain et la nature. Faut-il pour autant, comme le proposent certains, abandonner purement et simplement cet indicateur ? Évidemment pas ! La prise en compte de la croissance est trop étroitement intriquée dans les multiples décisions économiques actuelles pour qu'un acte aussi radical puisse être envisagé. Il s'agit plutôt de passer d'un indicateur de croissance à un indicateur de développement, ce dernier impliquant, en plus de la croissance, une meilleure satisfaction des besoins fondamentaux – alimentation, santé, éducation –, et une réduction des inégalités, du chômage et de la pauvreté. Le développement est un processus cumulatif qui permet une amélioration des capacités humaines, et donc une hausse de la productivité des entreprises et de la croissance. La croissance économique, quant à elle, est une condition nécessaire du développement, puisqu'elle seule permet d'améliorer le niveau de vie, d'augmenter l'étendue des choix humains, de dégager des ressources en faveur de la santé, de l'éducation, de l'environnement, et d'accroître l'indépendance économique nationale. Mais elle n'est pas une condition suffisante, au moins à court terme. Car elle peut aller de pair avec une aggravation des inégalités, une détérioration des conditions de vie pour les plus pauvres, la misère, la répression politique et sociale, sans parler des contrecoups néfastes sur les ressources naturelles et l'environnement.

Ainsi, il importe de qualifier le PIB comme indicateur de croissance. Mais également de le compléter, de le pondérer et d'y intégrer des catégories nouvelles telles que, par exemple, les externalités négatives pour l'environnement, la répartition égale ou inégale des richesses, ou l'accès à des services essentiels. Cette démarche doit être poursuivie à tous les échelons, celui du monde, des pays, des secteurs industriels[3]. Et donc de l'entreprise… dont nous retrouvons ici notre « vision élargie ».

Le PIB a mis plusieurs dizaines d'années pour se diffuser dans tous les interstices décisionnels économiques. Le XXIe siècle lui adjoindra d'autres composantes. Cet élargissement occupera sans doute la décennie qui s'ouvre. Et, dans ce mouvement général, les entreprises seront au premier rang, avec des objectifs en partie repensés.

Dirigeants : des critères de rémunération financiers et extra-financiers

C'est au nom du tout financier que la vision actionnariale a posé comme principe l'alignement des rémunérations des dirigeants sur la performance financière de l'entreprise. Notamment la partie variable de cette rémunération, particulièrement significative chez les plus hauts placés dans l'organigramme. Rappelons le b-a ba de la théorie de l'agence : si les intérêts des actionnaires et ceux des décideurs sont liés à un même critère – le rendement global de l'action, ou *Total Shareholder Return* –, l'efficacité productive de l'entreprise s'en trouvera renforcée.

Dans la logique de la vision élargie de l'entreprise, cet alignement présente deux inconvénients majeurs. Primo, il alimente une tendance naturelle chez tout dirigeant à poursuivre l'efficience organisationnelle et la rentabilité, sans vraiment projeter l'entreprise à long terme. Secundo, cet alignement restreint le champ d'intérêt pour la délibération et la discussion à propos de l'utilité foncière, de la raison d'être de l'entreprise. *Ergo*, pour que les dirigeants lèvent le nez du guidon, pour qu'ils prennent en compte certaines externalités, pour qu'ils travaillent avec les parties prenantes impliquées dans le développement de l'entreprise, il faut que leur rémunération variable inclue également des critères extra-financiers.

Voilà qui ouvre la porte, objecteront certains, à des évaluations impressionnistes, voire fantaisistes, tant les objectifs extra-financiers s'apparentent à une nébuleuse. Comment attribuer à chaque dirigeant, à chaque entité, la part qui lui incombe en termes de réduction des émissions nocives, d'engagement territorial, de succès dans la lutte contre les discriminations… et tant d'autres objectifs extra-financiers possibles ? Première réponse à cette objection : deux boussoles existent déjà, qui permettent de fixer avec rigueur ces critères extra-financiers. D'une part, les objectifs fixés par l'accord de Paris et les ODD des Nations unies, en l'attente d'autres référentiels. D'autre part, la raison d'être dont s'est dotée l'entreprise, censée identifier les champs extra-financiers relevant de son utilité et de son domaine de compétences. Une grille d'objectifs complète et détaillée, un compas permettant de pointer ceux qui sont pertinents… Voilà qui constitue un cadre.

Reste bien entendu à hiérarchiser ces objectifs. Dans la vision actionnariale, le problème ne se pose pas, l'objectif étant unique et chiffré. Avec la vision élargie, l'affaire devient complexe. Car il s'agit de conjuguer l'efficacité de l'entreprise – sa compétitivité, son profit – avec son utilité pour les parties prenantes. Pour opérer un tel mariage, une réflexion collective est nécessaire, prenant en compte aussi bien le court terme que le long terme. Ce qui présuppose de vrais débats de fond lors des réunions du conseil d'administration. Comment concevons-nous le futur de notre entreprise ? Sur quels objectifs devrons-nous nous appuyer pour y parvenir ? S'investir dans tel objectif extra-financier apportera-t-il quelque chose à l'entreprise à court, moyen ou long terme ? Si le prix à payer à court terme pour tel résultat à long terme est peut-être excessif, le jeu en vaut-il la chandelle ? Les considérations financières restent sans conteste primordiales, le profit demeurant vital. Mais ce profit est repensé à l'aune de l'utilité. Au bout du compte, l'entreprise ne peut en sortir que renforcée, car elle y gagne une justification sociale de son activité par essence lucrative.

Une telle mutation implique évidemment que les gestionnaires d'actifs et les investisseurs trouvent leur intérêt dans cette nouvelle approche. Tant que leur performance personnelle et celles des fonds et des produits qu'ils gèrent restent essentiellement financières, tant que leur évaluation demeure trimestrielle ou annuelle, la chose paraît impossible. Mais le virage esquissé par BlackRock et son patron Larry Fink montre que cette idée n'a rien d'aberrant lorsque le risque devient systémique, la performance financière volatile, et que l'on ne peut plus ajuster la performance à ce risque. Le monde de la finance devra nécessairement se doter d'indicateurs mesurant la performance non seulement financière, qui reste fondamentale, mais aussi environnementale ou sociale de l'ensemble de ses actifs sous gestion. À quand, sur les écrans Bloomberg, à côté de ratios et d'indices économiques, des indicateurs de destruction de la biosphère, de contribution à l'accord de Paris et de respect des droits humains[4] ?

Financiers : actualiser les taux d'actualisation !

C'est une évidence, pour s'imposer, la vision élargie de l'entreprise doit être partagée par le monde de la finance. Un tel énoncé peut, certes, laisser songeur, dès lors que les exigences de la vision actionnariale sont, à plus d'un titre, imputées aux financiers. Qui, sinon eux, a décorrélé les valeurs qui s'échangent sur les différents marchés d'avec la réalité des activités concrètes de production ? Qui, sinon eux, ne valorise pas le long terme à sa juste valeur ? En réalité, ce procès n'est pas complètement fondé.

Essayons de comprendre leur logique. Évaluer une entreprise ou un projet consiste à étudier les flux financiers prévisibles au cours du temps, y compris à long terme, et à actualiser ces flux. Cette actualisation repose sur un principe de bon sens : la valeur de l'euro d'aujourd'hui étant plus sûre que celle de l'euro de demain ou d'après-demain, l'incertitude qui pèse sur ce dernier doit être quantifiée par l'application d'un taux qui la réduit. Toutefois, ce taux n'a rien de gravé dans le marbre et dépend de la politique de l'investisseur. Un investisseur agressif, qui souhaite restructurer une entreprise pour la revendre rapidement le plus cher possible, survalorisera de toute évidence le temps présent ou court. Le futur ne l'intéresse pas vraiment, puisque d'ici deux ou trois ans, il aura revendu ses parts de l'entreprise et ne sera plus concerné. Aussi lui attribue-t-il une valeur dérisoire.

Ainsi, depuis le milieu des années 2010, de nombreuses entreprises européennes – Unilever, Danone, Pernod-Ricard, Saint-Gobain et d'autres – ont été la cible de fonds « activistes » à la stratégie bien rodée consistant à investir dans une entreprise, dans le but de revendre leurs actions plusieurs mois après l'achat. Le pari est naturellement qu'entre-temps, le prix des actions aura considérablement augmenté, pour leur permettre d'empocher un bénéfice lorsque celles-ci seront cédées. Comment y parvenir ? En imposant à la société une réduction drastique des coûts et des investissements, une restructuration des actifs et une redistribution du capital en faveur des actionnaires. Évidemment, les fonds activistes n'ont *a priori* pas un tel pouvoir, compte tenu de leurs participations minoritaires au capital des entreprises qu'ils ciblent. Ce qui explique qu'ils cherchent méthodiquement à convaincre les autres actionnaires de soutenir leur stratégie. Une fois la majorité acquise, ils ont les mains libres pour agir. Autant dire que de telles opérations sont mal perçues par les dirigeants et les actionnaires de plus long terme, qui les vivent comme une agression déstabilisante. Les nouveaux maîtres à bord n'en ont cure et arguent du résultat final pour se présenter en bienfaiteurs. Le cours de l'action a grimpé en un temps record, le plus souvent, en quelques trimestres. C'est qu'en vérité l'entreprise et ses dirigeants somnolaient ! Ils ont tout simplement réveillé une belle endormie.

De nombreux travaux de recherche se sont penchés sur l'effet produit par ces stratégies éclair. Parmi eux, une étude récente a examiné sur la période

2000-2016 les résultats financiers et non financiers – à court et moyen terme, de + 1 à + 4 ans –, des 1 324 entreprises impactées par des fonds spéculatifs activistes aux États-Unis[5,6]. Puis elle a comparé ces données à celles d'un panel de sociétés similaires n'ayant pas connu une telle intervention dans leur capital. Ce qui en ressort est hautement instructif. Après l'incursion du fonds spéculatif, la valeur des actions augmente en flèche dans l'année qui suit, en moyenne + 7,7 %, par rapport aux entreprises comparables. Mais cette croissance ne dure pas. La courbe ne tarde pas à s'inverser, en général au bout de deux ans, à l'avantage des entreprises épargnées par une telle opération. Les trois années suivantes, la performance de l'entreprise ciblée par un fonds spéculatif activiste est inférieure à celle d'une entreprise qui ne l'a pas été. L'entreprise n'a donc rien gagné de significatif au total.

Mais ce n'est pas tout. Deux ans après l'intervention d'un fonds spéculatif activiste, la performance sociale et environnementale de l'entreprise est inférieure de 18 % en moyenne aux résultats du groupe de contrôle. Au bout de cinq ans, ce chiffre atteint 25 %. Tandis que les performances des entreprises du groupe de contrôle augmentaient avec constance au cours du temps, celles des entreprises ciblées par les activistes n'ont cessé de stagner. Comment expliquer ce curieux phénomène ?

Ces actionnaires particuliers, nous l'avons dit, concentrent leur attention sur les décisions à effet immédiat, ils veulent maximiser la valeur de l'entreprise au plus vite. La solution, drastique, consiste à réduire toutes les dépenses qu'ils estiment incompatibles avec une optimisation rapide des profits. Aussi, le taux de décote qu'ils appliquent aux flux de revenus futurs est-il bien plus élevé que celui d'autres investisseurs et actionnaires. Les flux financiers nets, ou *cash flows*, de l'entreprise concernant le moyen terme, et *a fortiori* le long terme, sont radicalement corrigés à la baisse. D'où la prédilection de ces fonds spéculatifs pour les coupes dans les politiques RSE qui ne rapporteront que dans un futur éloigné, si tant est qu'elles rapportent jamais ! Déjà allégée d'une partie de ses dépenses opérationnelles, l'entreprise se trouve soulagée de ces projets à la rentabilité incertaine. Et quand le fonds revend ses actions, la démarche RSE n'est plus qu'un lointain souvenir. Une bonne nouvelle, toutefois, ressort de ces études[7, 8]. Si la démarche RSE fait corps avec la raison d'être de l'entreprise, si elle est inscrite au cœur de son modèle d'affaires, les fonds spéculatifs passent plus souvent leur chemin, conscients qu'ils auraient peu de chance de rallier les actionnaires à leurs visées. C'est la RSE cosmétique, à simple valeur d'affichage, qui excite leur appétit…

Que déduire de ces résultats ? D'une part qu'une raison d'être bien pensée constitue une arme de défense efficace contre les *raiders* des marchés financiers, qui existeront toujours. Démontrer l'utilité à long terme de l'entreprise permet de fidéliser ses actionnaires autour d'un projet cohérent et défendable. D'autre part que les taux d'actualisation sont l'un des piliers sur lesquels reposera le succès de la vision élargie de l'entreprise[9]. L'entreprise ne peut se passer de la finance, dont les divers métiers sont intimement liés à sa vie, qu'il s'agisse de sa création, de son développement, de ses investissements, d'éventuels rachats, etc. Il faut donc travailler ensemble et redéfinir les pratiques autour de cette nouvelle vision de l'entreprise, en démontrant aux financiers qu'ils y ont tout intérêt, notamment par une remise à plat des taux d'actualisation des *cash flows* futurs. Dès lors que l'entreprise prend à cœur de maîtriser ses impacts environnementaux et sociétaux, ces taux doivent être revalorisés. Plusieurs méthodes sont possibles : soit revoir à la baisse les taux appliqués aux performances futures de l'entreprise, lorsque leur modèle d'affaires intègre ses externalités ; soit compléter les modes d'actualisation classiques par d'autres, bien distincts, s'appliquant à la performance extra-financière ; soit intégrer dans la valeur des flux futurs le calcul des risques évités par la prise en compte des parties prenantes.

Quoi qu'il en soit, la finance va devoir chausser une autre paire de lunettes pour voir plus loin et réestimer ses risques. En tant que partie prenante de l'entreprise, il y va de son intérêt. Et du nôtre à tous.

Vers une concurrence enrichie

L'économie de marché repose sur la concurrence, qui contraint les entreprises à faire mieux, à innover, à inventer de nouveaux produits dont d'autres n'ont pas eu l'idée, à être les plus utiles et efficaces possible. Si la performance devient plurielle, et que l'on puisse comparer les différentes dimensions de cette pluralité entre entreprises rivales, la concurrence, loin de disparaître, s'enrichit. En effet, dans la mesure où l'utilité du consommateur englobe d'autres facteurs non répertoriés actuellement dans le prix d'un produit ou d'un service – la qualité de l'air, celle de l'eau, les conditions de travail des employés ou celles des sous-traitants, l'atteinte au vivant, etc. –, ce prix devra refléter plus d'informations, afin d'orienter la demande de façon pertinente. Si bien que pour sélectionner les producteurs les plus utiles, l'aiguillon de la concurrence devra lui aussi intégrer un plus grand nombre de dimensions. C'est donc à une aune plus variée que le développement et les décisions stratégiques de l'entreprise se devront d'être jugés.

La performance plurielle et ses indicateurs

L'insuffisance de la RSE a apporté de l'eau au moulin des tenants de la vision actionnariale. Remplacer la performance financière par une performance plurielle ? Si la poursuite d'objectifs extra-financiers conduit l'entreprise à dilapider son énergie et son capital dans des initiatives déconnectées de son utilité première, c'est évidemment une aberration. En se dispersant, l'entreprise perd de vue l'essentiel, son image se brouille, elle s'émousse. Rappelons la règle d'or : les engagements extra-financiers de l'entreprise doivent être cohérents avec son cœur de métier. Outre qu'ils servent ses parties prenantes, ils doivent contribuer à la renforcer. Mais pour convaincre le conseil d'administration de s'engager dans la voie de la performance plurielle, encore faut-il lui donner les moyens de mesurer précisément les progrès accomplis dans chacun des champs. Quelques entreprises s'y sont essayées avec succès, preuve que la chose n'a rien d'insurmontable.

Voici par exemple les objectifs définis par Veolia pour sa performance sociale : plus de 80 % des employés se déclarant fortement engagés ; la fréquence des accidents sur le lieu de travail passant de 8 à 5 en 2023 ; 23 heures de formation par salarié et par an ; 50 % de femmes nommées aux postes de direction – dans le top 500 de l'entreprise. Pour sa performance environnementale : réduire ses émissions de gaz à effet de serre et contribuer à leur évitement (objectif : 15 mégatonnes d'équivalent CO_2 en moins en 2023) ; recycler 650 kilotonnes de plastiques dans ses usines ; mettre en place des plans d'action de protection de la biodiversité dans les sites sensibles ; améliorer le rendement des réseaux d'eau potable. D'autres indicateurs concernent la performance sociétale, comme la création d'emplois et de richesses dans les territoires d'activité de l'entreprise, et l'accès aux services essentiels en eau et assainissement.

Schneider Electric n'est pas moins précis dans ses engagements : 100 % de cartons d'emballage et de palettes provenant de sources recyclées ou certifiées ; économie de 120 kilotonnes de ressources primaires grâce au recyclage, à la reprise et au réemploi de produits ; moins de 1 incident médical par million d'heures travaillées ; au moins 15 heures de formation dans l'année pour les ouvriers ; un gain de 5,5 points sur 100 dans l'évaluation du respect de la norme ISO 26000 pour les fournisseurs stratégiques ; la formation annuelle de 100 % des collaborateurs des fonctions ventes, achats et finances à la lutte contre la corruption.

Sans être exhaustives, ces listes illustrent la précision avec laquelle ces entreprises déclinent leur performance plurielle en fonction d'indicateurs et d'engagements variés. Sont prises en compte tant les externalités positives sur les emplois induits, que les externalités négatives, notamment sur l'environnement, qu'elles tentent de réduire, compenser ou éliminer. Et pour les quantifier, rien de mieux que des indicateurs, dûment chiffrés !

Toutefois, un problème subsiste. Si chaque entreprise choisit elle-même ses indicateurs, comment les comparer entre elles ? On l'a dit, le suprême avantage de la performance financière est qu'elle permet aux investisseurs d'établir des comparaisons entre activités, entre concurrents, selon différents critères – produits, lignes de produits, segments de marché ; niveaux local, régional, mondial ; individus, équipes, sites de production. Un même item pour tous, un chiffre pour chaque entreprise. Si chacun choisit ses propres références, c'est la cacophonie. On ne peut comparer des choux et des carottes ! Pour que la performance plurielle remplace la performance exclusivement financière, il reste à converger vers une série d'indicateurs pertinents pour l'ensemble des acteurs – investisseurs, actionnaires, salariés comme dirigeants. Selon toute vraisemblance, chaque secteur industriel aura les siens, caractérisant des objectifs réalistes de performance sociale, environnementale, commerciale et sociétale. Quel chemin y mènera ? Impossible pour l'heure de le dire. Une certitude : cette convergence devra s'établir sans tarder. Car la comparaison des performances entre les entreprises est la pierre angulaire de la concurrence, elle-même moteur du capitalisme.

Les dernières heures du prix bas ?

La doctrine de la concurrence stipule que plus le prix est bas, plus la valeur retirée de la transaction par le consommateur est élevée. Dans la vision friedmanienne, il s'agit donc pour l'entreprise d'obtenir la plus grande satisfaction du client sans que la rémunération des actionnaires en pâtisse. Comment ? En diminuant les coûts de production, au prix de nombreuses externalités négatives. On rognera ainsi sur des dépenses non perçues par le client – approvisionnements, salaires, pollution, préparation de l'avenir... Les salariés étant également des consommateurs, un salaire bas les contraint à acheter les biens dont ils ont besoin ou envie au prix le plus bas possible, afin de préserver leur pouvoir d'achat. Et donc à privilégier les offres les plus nocives pour la Terre et ses habitants. Un cercle vicieux, dont la planète, les salariés et les consommateurs, condamnés à des produits de moins bonne qualité, sortent perdants.

On commence aujourd'hui à envisager un autre monde, dans lequel la concurrence porterait sur l'ensemble de ce qu'apporte l'entreprise à la société : des produits nouveaux qui peuvent être plus chers, mais s'accompagnent de bénéfices supplémentaires ; de bonnes conditions de travail ; la préservation de l'environnement et de la protection sociale... Dans un tel monde, pouvoirs publics et grands clients industriels inscriraient dans les appels d'offres, outre le critère du prix, la prise en compte des externalités, la consommation des matières non régénérées par la planète, les impacts sociétaux sur les territoires... Cet autre monde commence d'ailleurs à exister juridiquement. En France, la loi a introduit la notion de « mieux-disant ».

Mais dans les faits, ce nouveau monde tarde à se manifester. Pour plusieurs raisons. La première a déjà été évoquée dans le chapitre précédent : les notes sur la qualité extra-financière d'une proposition étant plus subjectives que le prix, et donc facilement discutables, ou interprétables de multiples façons, les collectivités publiques ou les grands acheteurs du secteur privé, de peur d'être accusés de collusion, campent sur le critère « prix », quant à lui parfaitement irréfutable.

Deuxième raison : les externalités ne concernent souvent pas directement l'auteur de l'appel d'offres, mais une autre entité. Prenons l'exemple d'un appel d'offres concernant la gestion d'un réseau d'assainissement. Une entreprise candidate propose de chauffer la piscine municipale à partir des calories des eaux usées. L'idée a beau être ingénieuse, le directeur de l'eau ne retiendra pas cette innovation. Pourquoi ? Parce qu'il n'a aucune envie que le directeur des bâtiments communaux vienne se mêler de son dossier… Autre exemple, celui d'un appel d'offres concernant cette fois la construction. Un industriel candidat inclut dans sa proposition la formation d'un certain nombre de jeunes. La direction concernée n'en tiendra pas davantage compte, parce que son baromètre est fixé sur les coûts de construction, d'usage et de service. À qui bénéficierait la formation de ces jeunes par l'entreprise ? À l'ensemble de la collectivité, en réduisant le coût du chômage et en remettant le pied à l'étrier à de nombreux foyers. Mais le responsable de l'appel d'offres n'est pas directement concerné.

Troisième et dernière raison : les collectivités territoriales et les pouvoirs publics estiment généralement qu'inclure des dimensions complémentaires entrave la concurrence. Car une entreprise de grande taille, ou très avancée en termes de technologie, est plus à même de proposer des externalités positives qu'une entreprise moins développée. Si l'on élargit les critères de choix au-delà du seul prix, ces dernières risquent de se trouver désavantagées et la concurrence amoindrie.

On le voit donc : non seulement le prix ne reflète pas toute la valeur apportée par l'entreprise, mais s'en tenir à ce seul critère constitue un frein au développement de l'économie circulaire, à de meilleures politiques sociales de l'entreprise... Nous sommes persuadés que cette faille du système ne pourra perdurer encore longtemps. La loi a fait le premier pas en direction du concept de multicritère. Il reste, pour l'ensemble des acteurs de la société, à en tirer les conséquences qui s'imposent, sans renoncer à l'émulation profitable qu'apporte la concurrence.

Des entreprises plus fortes dans une compétition mondiale

La performance élargie de l'entreprise que nous venons de décrire ne multiplie pas uniquement les critères pris en compte par le consommateur, et donc par les entreprises dans leurs modes de production. Dans un monde globalisé à divers niveaux – concurrence internationale, nouveaux enjeux écologiques et climatiques planétaires –, c'est la vision stratégique même de l'entreprise qui se trouve étendue. Comment assurer sa pérennité dans ce nouveau contexte, tout en gardant intacte son utilité, voire en la maximisant ? Seule une raison d'être puissante et correctement définie peut lui servir de guide face aux grands choix stratégiques qui rythment la vie de toute organisation, telles les opérations de cession, d'achat ou la modification du portefeuille d'activités, soit tout ce qui contribue à la capacité concurrentielle et à la compétitivité de l'entreprise, également selon les critères de performance pluriels.

Il nous semble ici nécessaire d'évoquer un événement qui a fait couler beaucoup d'encre fin 2020 et début 2021, au moment où nous rédigions cet ouvrage : le rapprochement entre Veolia et Suez. Nombre de commentateurs ont vu dans cet épisode la preuve, si besoin en était, du cynisme du business. On affiche de bons sentiments dans des raisons d'être bien léchées mais, à la première occasion, on en revient aux comportements les plus classiques et aux préoccupations purement financières…

Cette interprétation hâtive d'une décision mûrement réfléchie, en parfait accord avec la vision élargie de l'entreprise, procède d'une perception du rôle des entreprises réduite à la vision friedmanienne. Les fusions-acquisitions et autres OPA hostiles, avec leurs cortèges de plans sociaux, sont censées en être la marque facilement reconnaissable. Or, une fusion-acquisition n'est qu'un outil qui, comme tous les outils, peut être utile ou destructeur selon l'usage que l'on en fait et le but poursuivi.

Rappelons le contexte en quelques mots. Au milieu de l'année 2020, Engie, propriétaire de 32 % des actions de Suez, annonce sa volonté de revendre ses parts. Qui possède à la fois une bonne raison et les moyens de les racheter ? En France, la seule entreprise, par ailleurs concurrente directe de Suez, est Veolia. À l'étranger, un ou deux grands leaders sur le marché de l'eau et du traitement de déchets. Dernière option possible, un fonds financier.

Soyons clairs ! Si un fonds financier classique rachète les parts de Suez, c'est évidemment pour suivre sa logique de financier, qui vise une maximisation rapide des profits incompatible avec les métiers de temps longs liés à l'environnement. Avec à la clé les opérations habituelles de démantèlements et licenciements. Si c'est une entreprise étrangère, la France perd l'un de ses deux fleurons du secteur de l'eau et des déchets, au profit d'un concurrent déjà puissant, qui gagne dans cette opération un poids supplémentaire.

Reste l'acquisition des actions de Suez par Veolia, préalable à une OPA. Qu'ont à y gagner les diverses parties prenantes de la fusion ?

Les deux entreprises : une performance globale plus importante que la simple addition de leurs performances respectives. Des conditions de travail adaptées aux meilleurs standards, une innovation plus porteuse car nourrie d'une base d'expérience plus large et dotée de moyens humains et financiers accrus. Enfin, pour l'entité regroupant les activités à l'international, un renforcement salutaire pour se développer.

Les salariés : un espace plus large d'évolution.

Les actionnaires : une meilleure garantie de prospérité sur le long terme.

Les clients et les territoires : l'expertise cumulée des deux grandes entreprises, de nouvelles et plus nombreuses solutions pour leur propre transformation écologique… Sans compter l'association d'autres avantages sur la performance écologique, sociale, sociétale.

La France : un leadership renforcé en matière d'eau et de traitement des déchets pour les vingt ans qui viennent.

Quant à la planète, la création de ce nouveau champion mondial permettra de mieux relever les immenses défis auxquels elle est confrontée, en particulier la raréfaction de l'eau, de l'énergie et des matières premières, le traitement des pollutions toxiques, l'accès aux services essentiels, la transition énergétique, les conséquences du changement climatique…

Ce rapprochement correspond en tout point à la vision élargie de la performance, puisqu'il se propose d'apporter un supplément de valeur à l'ensemble des parties prenantes concernées. Il est porteur de plus d'utilité globale pour tous. En quoi il s'inscrit dans la droite ligne de la raison d'être de Veolia, sans renier celle de Suez.

Après bien des péripéties, la raison industrielle et l'évidence économique ont fini par s'imposer. En mai 2021, un accord a été signé entre Veolia et Suez, levant les derniers obstacles à ce rapprochement. Grâce à cette solution négociée, les deux groupes sortent par le haut d'une situation d'incertitudes et de conflit. Elle permettra, d'un côté, de créer autour de Veolia le champion mondial de la transformation écologique, doté d'un chiffre d'affaires de l'ordre de 37 milliards d'euros ; de l'autre, de constituer un nouveau Suez composé d'actifs formant un ensemble cohérent et pérenne sur le plan industriel et social, possédant un chiffre d'affaires d'environ 7 milliards d'euros, dont 5 en France, et un réel potentiel de croissance. Cet accord donne à la France un acteur de référence dans un des secteurs d'activité les plus importants de ce siècle. Il est bénéfique pour tout le monde, puisqu'il garantit la pérennité de Suez en France, il préserve la concurrence, il sécurise les emplois. Toutes les parties prenantes des deux groupes en sortent donc gagnantes. Le temps de l'affrontement est terminé, le temps du rapprochement a commencé.

L'incompréhension que cette opération a suscitée chez bien des commentateurs nous oblige à insister sur ce point. Contrairement à ce que beaucoup se sont imaginé à tort, la vision élargie de l'entreprise n'est nullement une vision naïve ou bisounours. Si elle vise à maximiser l'utilité de l'entreprise pour tous, ce n'est assurément pas au prix de son affaiblissement. Dans un monde où la compétition ne cesse de s'accroître, l'entreprise a besoin d'être forte. De plus en plus forte. Et si un rapprochement s'avère d'une utilité véritable pour l'ensemble des parties prenantes, rien ne peut justifier que l'on s'abstienne de l'entreprendre. Il s'agit même là d'un devoir. Car le soutien qu'apporteront alors à l'entreprise toutes les parties prenantes bénéficiaires du projet de rapprochement, tous ces alliés pour son développement, ses innovations et son avenir, la rendra plus robuste pour le court comme le long terme.

Chapitre 9

Vers un nouveau modèle européen

De nombreux observateurs et acteurs de la vie économique soulignent la nécessité pour l'entreprise du XXIe siècle de ne pas s'en tenir à son activité de production, mais de s'impliquer politiquement. Elle ne peut plus, déclarent-ils, se laver les mains des grandes questions sociétales et environnementales [1]. Elle doit agir, prendre position, s'impliquer dans le champ politique. Nous ne saurions nous inscrire en faux. Toutefois, les deux chapitres qui précèdent ont montré les obstacles auxquels elle doit alors se confronter, malgré toute sa bonne volonté. Quand un système est ancré dans les mœurs depuis des décennies, il est bien difficile pour des acteurs isolés de le faire bouger.

Nous pensons, quant à nous, que l'entreprise est en soi une expression du politique. Elle incarne une certaine vision du monde, forgée par l'ensemble de la cité et ses représentants, et régie par des lois. C'est aux politiques de définir le rôle de l'entreprise dans la société et de lui donner les moyens de tenir ce rôle. Or, il existe une évidente affinité entre la vision de l'entreprise élargie et la vision du monde incarnée par l'Europe.

L'entreprise, un projet européen

Malgré les profondes blessures du XXe siècle, les pays d'Europe sont soudés par une culture commune, qui englobe également une définition spécifique de l'économie. Pour l'exprimer de façon raccourcie, disons qu'en Europe, c'est le système économique qui est au service d'une certaine vision de la société et non l'inverse. Ce en quoi notre continent se distingue du capitalisme financiarisé anglosaxon comme du capitalisme d'État à la chinoise. L'approche européenne allie liberté et démocratie, progrès et équité, prospérité et inclusion sociale.

European Way of Life et entreprise

Mettre l'économie au service de la population implique une véritable redistribution des richesses. Cette volonté provient de notre histoire, et en particulier de la reconstruction de notre continent au lendemain de la Seconde Guerre mondiale. L'Europe ne sort pas vaincue de la guerre, mais détruite. Chaque pays recherche alors un modèle de vie plus équilibré, inclusif, prospère, avec une émulation mais sans compétition débridée, tout en refusant le communisme. C'est dans ce contexte que l'Europe a décidé de réguler plus étroitement l'économie par diverses politiques, afin de la mettre au service du bien-être des populations. Et c'est ce modèle qui a attiré les pays de l'Europe de l'Est après la chute du mur de Berlin.

Certes, l'Europe semble décevoir les générations actuelles, comme en témoigne la résurgence des nationalismes et des protectionnismes. Parce que, dans le fonctionnement de l'UE, la technocratie l'a emporté sur la politique ? Sans doute. Parce que les divergences entre ses États membres l'empêchent de porter une ambition collective ? Idem. La pandémie de coronavirus a pourtant permis des avancées, telle la première levée de dettes solidaire au niveau européen. En outre, depuis plusieurs années, l'Europe a établi un train de mesures concrètes que nous avons évoquées dans la deuxième partie de cet ouvrage (le Pacte vert ou *Green Deal*, la taxonomie, l'investissement responsable, la finance durable...). Nous l'avons dit, c'est sur les entreprises que reposera le succès de ces mesures, puisqu'elles sont, par définition, les acteurs de leur mise en œuvre.

Or, aucune définition commune de ce qu'est l'entreprise n'a jamais été posée en Europe. Aucun arsenal légal complet et cohérent n'encadre son fonctionnement ni n'intègre dans son essence « la prise en considération des implications environnementales et sociales de ses activités », comme le fait en France la loi Pacte. En l'absence d'une telle définition, il nous semble bien peu probable que le Pacte vert, pour n'évoquer que cet exemple, atteigne son objectif de faire de l'Europe un continent climatiquement neutre à l'horizon 2050.

La vision élargie de l'entreprise que nous défendons plonge ses racines dans la culture sociale, politique et économique européenne. Aussi est-ce désormais à l'Europe de forger les outils qui lui permettront de s'implanter, afin d'instituer un *European Way of Life* pour l'économie et donc pour l'entreprise. Le contexte semble particulièrement opportun. Avec le Brexit, l'influence anglo-saxonne s'estompe. Et la récente pandémie, par la secousse profonde qu'elle nous inflige, invite à revisiter les anciens paradigmes. Nous devons profiter de cet élan pour redéfinir collectivement le rôle de l'entreprise dans le monde de demain. Et il ne s'agit pas là d'un détail juridique ou technique, mais d'un enjeu de civilisation.

Stakeholders vs *shareholders* : l'impasse des deux récits

Toute vision se fonde sur un récit cohérent. La vision friedmanienne en offrait un, mais après quatre décennies de pratique, on peut constater que ce récit est désormais insuffisant, voire périmé. Une théorie rénovée s'est bâtie en contrepoint, qui en propose un différent : à la suprématie des actionnaires (*shareholders*), substituons l'intérêt pondéré d'un ensemble plus large de parties prenantes (*stakeholders*) !

Il se trouve malheureusement que, malgré plusieurs tentatives d'élaboration, la théorie des parties prenantes ne parvient pas à asseoir son efficacité sur une mécanique narrative convaincante. Et l'on conclut systématiquement sur la meilleure efficacité de la vision actionnariale, avec ses objectifs si clairs et sa métrique si efficace.

1) S'accorder sur ce qui caractérise l'intérêt des différentes parties prenantes ? C'est impossible. Actionnaires, salariés, fournisseurs, clients, créditeurs, collectivités territoriales, État, société civile, environnement… Elles sont si nombreuses, ces parties prenantes ! Lesquelles prendre en compte ? Et à quel degré de priorité ? Trouver un accord implique de surmonter des difficultés de négociation et de contractualisation si importantes que l'entreprise y parvient avec peine. À l'opposé, la maximisation de la richesse des actionnaires est un objectif clair, déclinable à maints niveaux, et sur lequel les différentes parties peuvent rationnellement s'accorder.

2) Fonder les décisions de l'entreprise sur un principe multidimensionnel et multipartite ? C'est faire

intervenir un si grand nombre de critères, que l'efficacité organisationnelle et la compétitivité économique de l'entreprise se trouvent menacées. Non, la meilleure structure contractuelle consiste décidément à s'accorder sur des revenus fixes pour les différentes parties prenantes – salaires, approvisionnements, taxes, etc. Les actionnaires prennent alors à leur charge le risque résiduel sur les *cash flows* nets. Si l'entreprise est bien gérée, ils en retirent un surplus important. Dans le cas contraire, ce sont eux qui y perdent. Ce risque étant considérable, il semble logique que les actionnaires possèdent le plus de voix au chapitre quant à l'orientation stratégique de l'entreprise.

3) Prendre en compte les dimensions sociales et environnementales des consommateurs ? Elles sont déjà présentes dans la demande ! Les consommateurs dictent leurs choix, les entreprises épousent leurs désirs sans qu'il soit nécessaire d'ajouter d'autres règles. Il suffit que l'activisme en faveur de l'environnement et de la société influence les clients et les investisseurs. L'entreprise ajustera son offre à la demande, tout en maximisant la valeur actionnariale. Nul besoin de mesure gouvernementale. La loi de l'offre et de la demande suffit.

À l'évidence, ce qui manque à la théorie des parties prenantes, c'est la précision. Selon une approche utilitariste, il faudrait servir les parties prenantes qui ont le plus de pouvoir. Pour définir l'ordre de priorité, il suffirait de quantifier les dommages que le retrait ou l'opposition de chacune d'entre elles ferait subir à l'entreprise[2, 3]. Une autre approche, foncièrement moralisatrice, intime aux dirigeants de mettre, au contraire, toutes les parties prenantes sur un pied d'égalité, sans oublier les plus minoritaires, voire celles qui sont privées de droit et de voix – par exemple les animaux[4]. Le problème soulevé par cette seconde approche fut pointé du doigt par les opposants à la déclaration du Business Roundtable, en août 2019, qui demandaient quels critères permettraient aux dirigeants de ne pas piétiner les intérêts des actionnaires et de statuer entre des demandes potentiellement contradictoires. En l'absence de ces critères, ne peut-on redouter des dérives encore pires que celles auxquelles nous assistons ?

En droit, toutes les parties prenantes n'ont pas la même importance. Le droit des sociétés comme celui du commerce le reconnaissent. Dans ces conditions, en pratique, comment hiérarchiser, trancher, décider entre les intérêts (*stakes*) des unes et des autres ? La chose est d'autant plus difficile qu'il n'y a pas d'obligation légale claire pour le faire ! Bref, ce récit pèche à cause du nombre pléthorique d'acteurs aux rôles mal définis, qui empêchent son dénouement. Comme le soulignait Eugene Fama[5], récipiendaire du prix Nobel d'économie en 2013, le capitalisme des parties prenantes n'existe pas. Il est indéfini et inefficace. Nous ajouterons : il est l'alibi facile, le *sparring partner* tout trouvé pour que la vision actionnariale de l'entreprise continue à propager son magistère. C'est une alternative trop faible.

Le troisième récit

Ce que nous proposons est un récit tiers, fondé en droit, porté au niveau de l'espace politique et économique qu'est l'Europe. Car dans les sociétés démocratiques, le choix de poser la finalité et les moyens revient au politique. C'est à lui qu'il appartient d'intégrer les intérêts de tous pour veiller à la pérennité du système économique. Il dispose pour cela de la loi, au travers de laquelle une société exprime la vision qu'elle a d'elle-même. N'est-ce pas par la loi qu'a été instauré le système de l'économie de marché et du capitalisme ? Et par la loi que ce système serait détruit si telle était la volonté de la majorité ? Aussi, passer par la loi pour réguler le système économique est-il non seulement légitime, mais absolument nécessaire.

Ce troisième récit que nous appelons de nos vœux est un récit de progrès, articulant harmonieusement activité économique, développement du bien-être humain et protection des milieux naturels. Au niveau de l'économie, il passe par une pensée renouvelée de ce qu'est l'entreprise[6, 7, 8, 9, 10] et par l'établissement de conventions inédites inscrites dans le droit des sociétés. Ainsi :

1) Toute entreprise opérant en Europe a l'obligation de considérer et d'estimer les impacts humains et écologiques de ses activités, et d'en rendre compte aux agents économiques qui le demandent – actionnaires, salariés, créditeurs, banques, agences et administrations d'État, clients... La grille permettant cette évaluation étant par définition inefficiente si chaque entreprise se dote de la sienne, c'est au politique qu'il revient de délimiter les impacts globaux qu'entraîne son système économique et qu'il entend maîtriser, au minimum sur son territoire, voire sur la planète entière le cas échéant.

2) La loi, aux niveaux européen et nationaux, devra mieux définir les risques que l'entreprise, par ses activités, fait courir à ses parties prenantes. Elle devra encadrer la manière de les prendre en considération de façon opérationnelle, comptable et financière. L'idée que les revenus fixes négociés entre l'entreprise et les parties prenantes – salaires, coûts d'approvisionnements, taxes, etc. – suffisent à épuiser le contenu de leurs relations contractuelles n'est, en effet, plus soutenable aujourd'hui. Car les risques résiduels ne sont pas uniquement financiers. Fournisseurs, employés, clients et États, toutes les parties prenantes se trouvent confrontées, par l'activité de l'entreprise, à des risques impactant leur bien-être – pollution, risque sanitaire, risque économique, atteinte à la vie privée, destruction des écosystèmes vivants, réduction de la biodiversité... Or, ces risques

ne sont pas couverts par les paiements fixes correspondant à la relation contractuelle classique d'emploi, de fourniture, de vente, etc. Et l'État ne peut seul les garantir, les assurer ou en réparer les conséquences. La manière de les maîtriser doit être définie par de nouvelles pratiques que fixera la loi. Des exemples ? Un nouveau système de provisionnement ou de redevances pour se prémunir des externalités négatives ou bénéficier des externalités positives – principe pollueur-payeur et dépollueur-aidé ; de nouvelles assurances obligatoires pour couvrir des risques systémiques ; un étagement du versement des dividendes au cours du temps, qui permettrait de favoriser la détention plus longue des actions, de se donner un délai pour vérifier qu'aucune conséquence néfaste ne résulte de décisions entérinées quelques années plus tôt...

3) Enfin, il est à la fois urgent et indispensable de mettre en place des mécanismes d'incitations et de pénalités pour orienter plus rapidement les comportements des acteurs économiques. Les défis du XXIe siècle ne sont pas linéaires et rarement réversibles – acidification des océans, stérilisation des terres arables, fonte du pergélisol, extinction des espèces... Or, le rythme d'ajustement entre la demande des clients, l'offre proposée par les entreprises et la correction des conséquences de celles-ci est beaucoup trop lent. Sans mise en place de mécanismes qui accélèrent la transition vers des comportements plus

vertueux, la course est perdue d'avance car les entreprises ne peuvent d'elles-mêmes, isolément, intégrer l'ensemble des nouvelles exigences imposées par la situation et non encore reflétées dans la demande des clients.

Dans ce nouveau récit, la part variable des bénéfices – profits ou pertes – ne concerne plus exclusivement les actionnaires, elle doit désormais être comptabilisée, actualisée, provisionnée différemment. Ce qui diverge sensiblement de la vision friedmanienne, sans pour autant remettre en question ni l'importance du profit ni la gratification nécessaire des actionnaires. Par ailleurs, ce récit repose sur des critères de performance plurielle établis, des règles de concurrence clarifiées, une vision renouvelée du lien entre puissance étatique, entreprises et parties prenantes. En quoi il se distingue de la théorie des parties prenantes.

Il va de soi que si chaque entreprise devait procéder en solo à de tels réajustements, la vision que nous proposons resterait chimérique. Seule une impulsion politique, au niveau de l'Europe, peut porter le modèle civilisationnel que nous souhaitons mettre en place.

Les chantiers prioritaires

Récapitulons les éléments clés de ce nouveau récit économique européen, récit d'un capitalisme revisité.

À la base de tout, il y a la création de richesse par des entreprises qui se font concurrence et, face à elles, des acheteurs libres de leurs choix et dûment informés, dans des marchés eux-mêmes régulés. Le résultat de la création de ces richesses est, pour l'entreprise, un profit à redéfinir de façon qu'il soit à la fois légal et légitime, et pour les parties prenantes, une redistribution de ce profit. Les défis contemporains et le contexte post-pandémie ouvrent des chantiers sur chacun de ces points.

Un triple bénéfice, légal et légitime

Pour redéfinir le profit, on ne peut esquiver la question, aujourd'hui fondamentale, de l'écart entre profit légal et profit légitime. Certes, le calcul du profit de l'entreprise selon les règles actuelles est parfaitement légal. Mais, pour légales qu'elles soient, ces règles et la façon de redistribuer ces profits apparaissent à beaucoup de plus en plus illégitimes. Nous l'avons suffisamment évoqué.

Ce fossé immense entre le légitime et le légal a toujours été un aiguillon pour la créativité et l'innovation [11]. Pensons à l'essor des industries du partage ou de l'usage. Bien avant que leur existence et leur profitabilité ne soient établies légalement, leurs utilisateurs les trouvaient légitimes. Contenus média, chambres et appartements à louer, mobilité… Pour beaucoup d'entre nous, il devient de plus en plus légitime de partager, de louer, de s'abonner à des services plutôt que de posséder des CD, des DVD, une résidence secondaire ou une voiture. Naturellement, les producteurs traditionnels de contenus musicaux ou visuels, les hôteliers, les chauffeurs de taxis ou les constructeurs automobiles contestent la légalité des nouveaux entrants que sont les Spotify, Netflix, Airbnb ou Free Now. On les comprend, car tant leurs modèles d'affaires que leurs sources de profit s'en trouvent bouleversés. Pour s'adapter et survivre, sans doute leur faudra-t-il revoir de fond en comble leur stratégie.

Aussi peut-on se demander si le moment n'est pas venu de revisiter notre conception du bénéfice, afin que sa définition comptable rejoigne sa légitimité politique. Le bénéfice économique ne peut redevenir acceptable que s'il est mis en regard du bénéfice écologique ou du bénéfice social.

On ne compte plus les efforts et les initiatives pour mesurer la performance extra-financière des entreprises. Sans parler des agences spécialisées qui proposent leurs propres services et méthodes d'évaluation, et des cabinets d'audits qui se positionnent sur cette attente. Chacun avec une approche différente[12]. SASB, GRI, IIR, IASB, *task-force* de l'IFRS[13]... Nos oreilles bourdonnent d'acronymes. Chaque entreprise choisit ses fournisseurs de méthodes, avec pour résultat d'ensemble des équilibres multiples sous-optimaux et une véritable cacophonie [14, 15, 16]. S'en remettre aux acteurs de marché pour statuer seuls sur ces questions semble hautement hasardeux. Pour orienter leurs travaux et leurs méthodes, la légitimité du politique est nécessaire, car c'est elle qui devra établir les principes finaux en droit [17]. L'enjeu est d'autant plus essentiel que, sans effort européen, ce sont les normes et les méthodes comptables nord-américaines qui l'emporteront, tant on voit aujourd'hui les grands acteurs états-uniens être en avance sur ces questions. Or, leurs préconisations sur ces sujets [18] ne sont pas naturellement adaptées à une vision européenne de la société.

Il est urgent qu'un comité européen jette les bases d'une nouvelle comptabilité intégrant les mesures de la performance environnementale et sociale des entreprises. On nous objectera que les entreprises sont déjà astreintes à des déclarations et des obligations sur leur performance extra-financière. Sans doute, mais c'est insuffisamment lisible et convaincant. Il convient de prolonger l'effort et de formuler une définition de la performance plurielle : au côté du bénéfice économique tel qu'aujourd'hui – profit ou perte – doivent apparaître clairement le bénéfice écologique et le bénéfice humain. Un triple bénéfice, donc.

Pour parler concrètement, il s'agit de déterminer et mettre en œuvre les normes, d'une part des contenus financiers, environnementaux et sociaux, et d'autre part de la présentation de ces contenus au marché[19]. Ces normes comptables de nouvelle génération devront inclure des bilans environnementaux et sociétaux, des provisions pour dépréciation et autres outils comptables permettant de visualiser la contribution complète d'une entreprise à la finalité politique du système économique retenu. Pour l'espace européen, par exemple, cette finalité pourrait se définir ainsi : apporter une prospérité équitable et harmonieuse à ses citoyens en préservant les écosystèmes naturels et leur capacité à se régénérer.

Évidemment, pour garantir leur légalité, ces comptes d'un temps nouveau devront être certifiés par des auditeurs et des commissaires aux comptes accrédités. Quant à la légitimité politique de ces nouvelles normes comptables, pour l'asseoir, il faudra mobiliser un collège de politiques, de représentants des entreprises, de syndicats de salariés, de spécialistes de l'environnement, d'universitaires compétents en sciences de gestion, d'experts de la société civile... N'aurait-il pas fière allure, cet organisme représentatif de la diversité des parties prenantes à l'échelon européen ?

Qu'est-ce qu'un marché efficient dans un monde post-Covid ?

Comment recalibrer le mythe de l'efficience des marchés pour qu'il soit à la fois plus juste et au service de tous, y compris de la planète ? Dans le monde *post*-Covid et *ante*-crise climatique devront être ajoutées au surplus du consommateur les composantes qui matérialisent les aspects sociaux, sociétaux et environnementaux. Ce qui implique de réviser la définition de la concurrence, afin de prendre en compte ces réalités qui dépassent les frontières nationales. Et donc d'adapter le droit de la concurrence, pour y intégrer les nouvelles conjonctures géopolitiques et stratégiques ainsi que les dimensions environnementales et sociales.

Rappelons-le, le droit de la concurrence sert notamment à éviter que des monopoles ne se constituent. Le risque est en effet que se créent des rentes de situation bénéficiant aux entreprises et à leurs actionnaires, au détriment des clients. Certes, les organismes antitrust européens ont parfois raison d'empêcher des rapprochements d'entreprises. Mais s'ils brident systématiquement les producteurs par souci de préserver les consommateurs, l'économie européenne s'en trouvera affaiblie par rapport à ses rivaux mondiaux chinois, américains ou autres. Plus grave peut-être, la capacité des entreprises à coordonner des actions pour valoriser les impacts sociétaux et environnementaux de leurs productions en sera immanquablement affectée.

Prenons l'exemple des télécommunications. En Europe, on recense plusieurs dizaines d'opérateurs, pour près de 500 millions de personnes. En Chine, on n'en compte que quatre pour autant de consommateurs, et un seul est autorisé à s'engager dans la compétition internationale. C'est mathématique, cet opérateur chinois sera bientôt plus important que tous les opérateurs européens, auxquels on interdit de fusionner. Protéger systématiquement le consommateur contre le producteur amène à sacrifier non seulement le producteur et ses activités de production, mais aussi l'impact que celui-ci peut avoir sur des chaînes de production et d'approvisionnement entières, sur les incidences en termes de carbone, de gaz à effet de serre, de politique sociale... Il y a probablement un nouvel équilibre à trouver dans les pratiques antitrust. Car elles doivent prendre en considération une pluralité d'intérêts : celui des consommateurs, qui ne se réduit pas au prix le plus bas ; celui des producteurs ; celui des travailleurs, parfois surexploités au bout du monde ; celui de l'atmosphère, des cours d'eaux, de la planète, que la logique antitrust oublie aujourd'hui.

Oui, le temps est venu de ne plus négliger les dimensions sociales et environnementales dans le droit du commerce, au côté de la dimension purement économique. Mais ce droit du commerce ne peut être seulement celui des nations. Pour faire face à des défis planétaires, c'est à l'échelle de notre continent qu'il faut le repenser.

Vers des agences du CO_2 ? Quand la France inspire l'Europe…

Taxe carbone aux frontières de l'Europe. Taxe sociale pour prendre en compte les conditions déloyales de production aux confins de l'Asie et de l'Afrique. Taxe pour réparer ce qu'a abîmé un modèle économique mal ajusté. Beaucoup aimeraient que le pollueur, l'exploiteur paient. Plus de taxes ! Plus de taxes ! répète-t-on à l'envi. Souvenons-nous pourtant de la taxe carbone, déclencheur du mouvement des gilets jaunes. À l'origine de ce rejet : une méfiance généralisée à l'égard de la puissance publique, de l'administration, de la bureaucratie. Car une fois prélevé, où va l'argent ? Dans les caisses de l'État ou celles de l'Europe. Il est versé au pot commun. À quoi sera-t-il utilisé ? Mystère. Et ce mystère peut irriter quand les populations perdent confiance en l'État.

Affectée à une utilisation bien définie, la taxe serait évidemment plus efficace et certainement plus acceptable par tous. Surtout si l'argent perçu servait à financer ceux qui font l'effort d'apporter de vraies solutions écologiques et sociales. Ce double mécanisme « pollueur-payeur et dépollueur-aidé » existe, et il a fait ses preuves en France, où a été adopté le système de la redevance dans la gestion de l'eau.

Dans notre pays, depuis les années 1970, les redevances de l'eau sont collectées et, hormis les coûts de gestion, intégralement redistribuées par les agences de l'eau. Avec un tel système, dépolluer revient moins cher que polluer, puisque le pollueur doit payer, alors que les investissements de dépollution sont subventionnés. Par ailleurs, que de temps gagné par ce fléchage automatique : aussitôt prélevé à l'un, l'argent bénéficie à l'autre ! Il est deux fois plus rapide d'atteindre le stade où dépolluer coûte moins cher que polluer. Ainsi la redevance pèse-t-elle moins à la fois sur les coûts des producteurs et sur le budget des consommateurs. Ce système a eu pour effet, entre autres, de diminuer drastiquement les rejets polluants des villes et des industries dans les rivières françaises, et de restaurer la qualité de ces dernières.

Dans le recyclage des déchets, certes, il existe également une redevance. Mais à la différence de la redevance de l'eau, celle-ci n'est pas reversée aux industriels qui font l'effort de repenser la gestion des déchets en amont. Elle finance exclusivement les collectivités qui traitent les déchets produits, en assurent la collecte et le recyclage. Si cette manne a permis de créer déchetteries et emplois, les taux de recyclage, à peine de 50 %, demeurent insuffisants.

Au travers des agences de l'eau, la France a donc acquis une précieuse expérience sur la manière d'intégrer efficacement une externalité environnementale. Ce qui lui a valu d'être imitée par plusieurs pays de l'Union européenne. Alors pourquoi cantonner cette réussite qui a fait ses preuves au seul domaine de l'eau ? Le modèle pourrait être décliné de diverses façons, notamment pour résoudre le problème de la décarbonation. Imaginons des « agences du CO_2 » ayant pour mission de gérer les fonds collectés sur le carbone et de les redistribuer sous forme de subvention à la dépollution. Composée de représentants des différentes parties prenantes, leur gouvernance leur donnerait une pleine légitimité pour orienter au mieux l'argent prélevé.

Voilà un exemple de fiscalité environnementale vraisemblablement acceptable parce qu'efficace, dès lors que l'argent est effectivement alloué à la dépollution. Si l'échelle de son espace ne peut raisonnablement être celle d'un seul pays – les émissions de CO_2 traversent les frontières –, ce pourrait être celle d'un espace économique relativement homogène, l'Europe par exemple. Un tel modèle justifierait en outre un système de taxation aux frontières de l'Union, pour inciter ceux qui importent leurs produits ou services à, eux aussi, dépolluer. Ainsi, une démarche vertueuse à une échelle presque mondiale pourrait s'enclencher.

Une Europe audacieuse, vertueuse, modèle, et entraînant à sa suite le reste du monde !

Conclusion

Le mythe de la croissance du PIB est affaibli. Celui de la décroissance a les pâles couleurs d'un retrait défaitiste. Le nouveau récit que nous proposons englobe le proche et le lointain, le court et le long terme, et s'adresse à chacun, salarié, consommateur, actionnaire, investisseur, citoyen… Que nous faut-il pour écrire et porter ensemble ce récit renouvelé de la prospérité humaine ? Une volonté citoyenne qui trace son chemin et fasse pleinement entendre sa voix. Des femmes et des hommes courageux, qui endossent leurs responsabilités sans attendre que la nouvelle génération sonne la relève. Car demain, il sera trop tard.

Vous tous qui êtes en position de décider, d'infléchir le destin collectif de votre petite ou grande entreprise, de votre administration, service, division, organisme public, association… ce livre a été écrit pour vous. Pour vous aussi, financiers, actionnaires, gérants, gestionnaires, banquiers. Pour vous, salariés, forces vives de l'entreprise. Pour vous, étudiants, qui vous formez à un futur métier. Et pour nous tous, citoyens. Où que vous soyez, œuvrez, poussez pour que ce récit devienne réalité. La pandémie de la Covid vous a préparé le terrain, en rappelant que sans ses entreprises, un pays est perdu, que sans les femmes et les hommes qui la font vivre de la base au sommet, l'entreprise n'est rien.

Nous souhaitons ici adresser un message particulier aux chefs d'entreprises de toutes tailles, l'un des deux auteurs de cet ouvrage n'est-il pas un des leurs ? Le temps est venu pour nous de jouer une nouvelle partition, bien plus complexe et bien plus exigeante, certes, mais ô combien exaltante. D'assumer pleinement ce rôle de dirigeants que trente années de vision actionnariale ont amoindri. Il nous faut dès à présent changer de jumelles, l'horizon de l'entreprise ne se réduit pas à la fin de l'année. Il englobe à la fois le court, le moyen et le long terme, et c'est à nous qu'il incombe de maintenir le cap en ajustant chaque jour notre vue. Ce cap est celui de l'utilité. Aujourd'hui, demain, dans les années à venir, nos entreprises n'existeront qu'en étant utiles à la société, et c'est de cette utilité qu'elles tireront leur prospérité et la force d'avancer.

Pour nous guider, nous disposons d'une précieuse carte : la raison d'être, qu'il nous revient d'élaborer avec les membres de nos équipages. La confection de cette carte, puis le maintien du cap durant notre navigation commune requièrent de nous autres dirigeants des qualités que des années de vision trop étroite du monde de l'entreprise nous ont fait parfois oublier – une capacité d'écoute, mais aussi d'arbitrage quand les intérêts de tout un chacun tirent à hue et à dia, afin de maintenir l'équilibre. Ce rôle demande du courage, celui de résister aux pressions des uns et des autres, dès lors qu'elles contreviennent à l'intérêt de l'entreprise et à son utilité. Courage de faire face, aussi, à tous les imprévus dont le surgissement tétanise les équipages, ces crises venues de nulle part dont la récente pandémie est un exemple si marquant. Dans un monde déréglé par des forces hier inconnues, affectant l'ensemble de la planète, ces imprévus ne feront que se décupler. Sans un patron incarnant l'entreprise, garant tout à la fois de son utilité et de son unité, un patron aux responsabilités multiples, comment les affronter ? Sans des leaders à chaque niveau de l'organisation, prêts à se confronter avec la réalité complexe et turbulente du monde qui advient, des leaders capables de faire tenir les injonctions souvent contradictoires de la performance plurielle en un ensemble cohérent, comment parvenir à bâtir cet avenir meilleur ?

La vision élargie de l'entreprise appelle à la sélection et au développement d'amples aptitudes humaines chez les dirigeants de demain. Elle requiert des personnalités complètes, polyvalentes, généralistes. Des talents de négociateur, de diplomate, de rassembleur… en bref, de leader et de politique. Aussi lançons-nous également un appel à l'ensemble des chercheurs qui pensent et modélisent l'économie, ainsi qu'à tous ceux qui l'enseignent, cette communauté à laquelle appartient l'autre co-auteur de ce livre. Il est temps d'élaborer et d'enseigner de nouveaux modèles de l'entreprise et du fonctionnement des marchés. Temps de sortir du confort d'une vision binaire, opposant d'un côté la vision actionnariale de l'entreprise, source unique de croissance et de richesse, sorte d'utopie d'abondance sans cesse régénérée, où le maître étalon est la rentabilité du capital ajustée à un niveau de risque ; et de l'autre la vision caricaturale de l'entreprise oppressive et avide, source de nuisances sociales et environnementales, dont il faudrait réguler jusqu'aux opérations les plus mineures pour l'empêcher de nuire.

Ces visions monolithiques et manichéennes trop longtemps professées empêchent de mener une réflexion renouvelée sur les modes d'échanges et de transactions économiques. Excluant d'emblée toute conciliation, elles condamnent à l'éternelle reproduction du même modèle dans un monde en pleine mutation. Le rôle de la recherche et de l'enseignement est de forger les représentations indispensables à la matérialisation d'une troisième perspective, d'un lieu intermédiaire où le nouveau récit que nous proposons trouve toute sa place. Et cet espace intellectuel et politique, c'est l'Europe continentale.

Penseurs, dirigeants, citoyens, il est plus que temps de nous affranchir du carcan des paradigmes dépassés. À cette condition, nous serons en mesure d'apporter des solutions aux problèmes brûlants du monde. Et de faire renaître l'espoir.

Notes

Introduction

1. Collectif, « Plaidoyer en faveur d'une “économie de marché responsable” », *Le Monde*, 16 novembre 2016, [https://www.lemonde.fr/idees/article/2016/11/16/la-france-doit-passer-a-une-economie-de-marche-responsable_5031791_3232.html].

I
Haro sur l'entreprise

Chapitre 1 : Le divorce

1. Charlie McGee, « Wall Street chiefs' pay doesn't sync with returns », *The Wall Street Journal*, 8 juillet 2019, [https://www.wsj.com/articles/wall-street-chiefs-pay-doesnt-sync-with-returns-11562580018?mod=searchresults&page=1&pos=1].

2. AFP Agence et *Le Figaro*, « Ces polémiques autour des parachutes dorés des grands patrons français », *Le Figaro*, 2 avril 2019, [https://www.lefigaro.fr/societes/

ces-polemiques-autour-des-parachutes-dores-des-grands-patrons-francais-20190402].

3. Philippe Regnier, « Les ballons de la survie des enfants du Pakistan, la panique du boycottage », *Le Soir*, 25 mai 1998, [https://www.lesoir.be/art/les-ballons-de-la-survie-des-enfants-du-pakistan-la_t-19980525-Z0F9AV.html].

Chapitre 2 : Splendeur de l'entreprise actionnariale

1. Milton Friedman, « A Friedman doctrine – The social responsibility of business is to increase its profits », *The New York Times*, 13 septembre 1970, [https://www.nytimes.com/1970/09/13/archives/a-friedman-doctrine-the-social-responsibility-of-business-is-to.html].

2. Marie-Laure Djelic, *Exporting the American Model: The Post-War Transformation of European Business*, New York (USA), Oxford University Press, (1998) 2001.

3. Antoine Riboud, « Croissance et qualité de vie », discours prononcé aux assises nationales du CNPF, le 25 octobre 1972 à Marseille, [https://go-management.fr/wp-content/uploads/2016/07/Discours-dAntoine-Riboud-aux-Assises-nationales-du-CNPF-le-25-octobre-1972-%C3%A0-Marseille.pdf].

4. *Ibid.*

5. Voir la courbe des inégalités de la croissance des revenus par tranche de revenus dans les économies américaines, européennes et chinoises issue des World Inequality Reports. Par exemple, World Inequality Report, 2018, p. 202, Figure 4.1.2. Global wealth growth by percentile, 1987-2017 où l'on voit que la croissance des revenus des cinq premiers déciles a été forte (plus que doublé sur la période), celles des déciles supérieurs a stagné à l'exception

du pourcent supérieur, et à l'intérieur de ce pourcent du pourcent le plus fortuné (les 0,0001 % les plus riches pour qui la croissance a été de ×6 voire ×8).

6. Paul N. Friga, Richard A. Bettis, Robert S. Sullivan, « Changes in graduate management education and new business school strategies for the 21st century », *Academy of Management – Learning & Education*, 2003, vol. 2 (3), pp. 233-249, [https://www.jstor.org/stable/40214193?seq=1].

7. Academy of Management, [https://aom.org/about-aom/history/historical-timeline].

8. La pensée convergente exprime la capacité à donner une réponse correcte à une question et ne sollicite que peu la créativité ou la prise de distance avec l'énoncé d'un problème. La pensée divergente sollicite la curiosité, l'anticonformisme et la prise en compte de multiples perspectives autour de l'énoncé d'un problème, voire à reformuler l'énoncé lui-même.

Chapitre 3 : La décennie pivot

1. Lynn Stout, *The Shareholder Value Myth: How Putting Shareholders First Harms Investors, Corporations and the Public*, San Francisco (USA), Berrett-Keohler Publishers Inc., 2012.

2. Voir l'explication détaillée dans l'ouvrage de Jean-Philippe Robé, *Property, Power and Politics – Why We Need to Rethink the World Power System*, Bristol (UK), Bristol University Press, 2020.

3. « Le rôle sociétal de l'entreprise – Éléments de réflexion pour une réforme », rapport du Club des juristes, 9 avril 2018, [https://www.leclubdesjuristes.com/les-commissions/role-societal-de-lentreprise-elements-de-reflexion-reforme/].

4. L'accroissement de la richesse générée par l'activité de l'entreprise désigne ici ce que les spécialistes appellent le rendement actionnarial total (*Total Shareholder Return*), qui inclut l'accroissement de la valeur de l'action et, pour les sociétés qui le décident, les dividendes versés aux actionnaires.

5. Mines ParisTech, chaire Théorie de l'entreprise – Modèles de gouvernance et création collective, [http://www.te.mines-paristech.fr/].

6. HEC Paris, Faculté de recherche – Institut Society & Organizations (S&O) [https://www.hec.edu/fr/faculte-et-recherche/centres/institut-society-organizations-so].

7. Saikat Chatterjee, Thyagaraju Adinarayan, Dhara Ranasinghe, Tom Westbook, « Buy, sell, repeat! No room for 'hold' in whipsawing markets », Reuters, 3 août 2020, [https://fr.reuters.com/article/idUSKBN24Z0XZ].

8. Sara Bernow, Jonathan Godsall, Bryce Klempner, Charlotte Merten, « More than values: The value-based sustainability reporting that investors want », McKinsey & Company, 7 août 2019, [https://www.mckinsey.com/business-functions/sustainability/our-insights/more-than-values-the-value-based-sustainability-reporting-that-investors-want].

9. Adrien Rivierre, « Discours à la loupe : Quand Emmanuel Faber, PDG de Danone, priait les diplômés d'HEC de "rendre le monde meilleur" », *Les Échos*, 7 juillet 2020, [https://start.lesechos.fr/apprendre/gagner-leadership/discours-a-la-loupe-quand-emmanuel-faber-pdg-de-danone-priait-les-diplomes-dhec-de-rendre-le-monde-meilleur-1221913].

10. Collectif, « Plaidoyer en faveur d'une "économie de marché responsable" », art. cité.

11. François Faure, « L'entreprise doit s'émanciper de la domination de l'actionnaire », Institut de l'Entreprise, [https://www.institut-entreprise.fr/francois-faure-lentreprise-doit-semanciper-de-la-domination-de-lactionnaire].

12. Chloé Schemoul, *Le Manuel de l'affranchi : les étapes à suivre pour une reconversion professionnelle réussie,* Paris, Marabout, 2019.

13. Voir par exemple les initiatives du collectif Pour un réveil écologique, [https://pour-un-reveil-ecologique.org/fr/].

14. « Grandes Écoles : deux tiers des étudiants estiment appartenir à une "génération sacrifiée" », *Les Échos,* 31 mai 2021, d'après une étude menée par le BCG et Ipsos.

II
LES PRÉMICES D'UN RETOURNEMENT

Chapitre 4 : Des politiques en mouvement

1. GIEC, « 5e rapport sur les changements climatiques et leurs évolutions », [https://leclimatchange.fr/les-elements-scientifiques/] et « Changements climatiques 2014, rapport de synthèse, résumé à l'intention des décideurs », [https://www.ipcc.ch/site/assets/uploads/2018/02/AR5_SYR_FINAL_SPM_fr.pdf].

2. Voir l'accord de Paris sur le réchauffement climatique, adopté en 2015 lors de la COP21, [https://unfccc.int/files/essential_background/convention/application/pdf/french_paris_agreement.pdf].

3. Voir la résolution adoptée par l'assemblée générale des Nations unies le 25 septembre 2015, [https://

www.un.org/ga/search/view_doc.asp?symbol=A/RES/70/1&Lang=F].

4. Robin Harding, Kana Inagaki, Leo Lewis, « Japan warns against allowing EU to set emission rules », *Financial Times*, 6 décembre 2020, [https://www.ft.com/content/13d09498-54e5-4886-9626-8a259529146b].

5. Commission européenne, [https://ec.europa.eu/france/news/20210421/finance_durable_et_taxinomie_fr] et [https://eur-lex.europa.eu/legal-content/FR/TXT/HTML/?uri=CELEX:52021DC0188&from=EN].

6. Rapport PRI Taxonomy Practioners Group, « Testing the Taxonomy », [https://www.unpri.org/download?ac=11662]. [https://alaingrandjean.fr/2021/05/10/taxonomie-durable-europeenne-passer-de-laction-financiere-a-laction-climatique/].

7. Entretien télévisé d'Emmanuel Macron, LCI 15 octobre 2017.

8. Également, Bruno Le Maire dans une interview au *Monde* déclare : « Aucune entreprise ne peut plus envisager son succès et son profit sans considérer les impacts de son activité. [...] Nous affirmons haut et fort que les entreprises doivent participer au bien commun. C'est une modernisation essentielle du capitalisme français. Celui-ci ne doit pas se limiter à la réalisation de bénéfices. Il doit avoir une ambition beaucoup plus vaste : participer à la transformation de la société et à l'amélioration de la vie quotidienne de chacun. » Benoît Floc'h, Élise Barthet, Audrey Tonnelier, « Bruno Le Maire : "Ne dilapidons pas le résultat de nos efforts" », *Le Monde*, 12 mars 2018, [https://www.lemonde.fr/politique/article/2018/03/12/bruno-le-maire-ne-dilapidons-pas-le-resultat-de-nos-efforts_5269517_823448.html].

9. Quant à Nicolas Hulot, alors ministre, il affirme : « Nous allons faire évoluer l'objet social des entreprises qui ne peut plus être le simple profit sans considérations aucunes pour les femmes et les hommes qui travaillent, sans regard sur les désordres environnementaux. » « Entreprises : la réforme qui oppose Emmanuel Macron au Medef », Franceinfo, 18 avril 2018, [https://www.francetvinfo.fr/politique/emmanuel-macron/emmanuel-macron-veut-changer-lobjet-social-d-une-entreprise-pas-le-medef_2711436.html].

10. Nicole Notat et Jean-Dominique Senard, avec le concours de Jean-Baptiste Barfety, inspecteur des affaires sociales, « L'entreprise, objet d'intérêt collectif », rapport du 9 mars 2018 aux ministres de la Transition écologique et solidaire, de la Justice, de l'Économie et des Finances, et du Travail.

11. Selon Bercy, au 31 mars 2021, entre 150 et 200 entreprises avaient inscrit leur raison d'être dans leurs statuts. À celles-ci s'ajoutent les entreprises ayant adopté une raison d'être non statutaire sans que l'on dispose de recensement fiable sur leur nombre. Quant aux sociétés à mission, l'Observatoire des sociétés à mission en dénombrait 166 en mai 2021, soit un quasi doublement de leur nombre depuis début 2021.

12. Pour plus d'informations, voir le site de la Communauté des entreprises à mission, [https://www.entreprisesamission.com/].

13. Pour plus d'informations, voir le site de l'entreprise, [https://www.danone.com/fr/about-danone/sustainable-value-creation/our-mission.html].

Chapitre 5 : À la table du conseil d'administration

1. Lucie Pinson, « AG Total 2020, la pression des actionnaires monte. Elle ne s'arrêtera pas », Reclaim Finance, 29 mai 2020, [https://reclaimfinance.org/site/2020/05/29/resolution-climat-a-lag-de-total-un-tournant-historique/].

2. Commission des communautés européennes, « Livre vert : Promouvoir un cadre européen pour la responsabilité sociale des entreprises » présenté par la Commission européenne, 18 juillet 2001, [https://www.europarl.europa.eu/meetdocs/committees/deve/20020122/com(2001)366_fr.pdf].

3. Ministère de l'Économie, des Finances et de la Relance, « Qu'est-ce que la responsabilité sociétale des entreprises (RSE) ? », *Bercy Infos*, 18 décembre 2020, [https://www.economie.gouv.fr/entreprises/responsabilite-societale-entreprises-rse].

4. Aaron K. Chatterji, Rodolphe Durand, David I. Levine, Samuel Touboul, « Do ratings of firms converge? Implications for managers, investors and strategy researchers », *Strategic Management Journal*, 2016, vol. 37 (8), pp. 1597-1614.

5. Voici quelques références (notes de 5 à 11) qui reprennent les points évoqués dans ce paragraphe :

Caroline Flammer, Jiao Luo, « Corporate social responsibility as an employee governance tool: evidence from a quasi-experiment », *Strategic Management Journal*, 2017, vol. 38 (2), pp. 163-183.

6. Seth Carnahan, David Kryscynski, Daniel Olson, « When does corporate social responsibility reduce employee turnover? Evidence from attorneys before and after 9/11 », *Academy of Management Journal*, 2017, vol. 60 (5), pp. 1932-1962.

7. Timothy Gubler, Ian Larkin, Lamar Pierce, « Doing well by making well: the impact of corporate wellness programs on employee productivity », *Management Science*, 2017, vol. 64 (11), pp. 4967-4987.

8. Vanessa C. Burbano, « Social responsibility messages and worker wage requirements: field experimental evidence from online labor marketplaces », *Organization Science*, 2016, vol. 27 (4), pp. 801-1064.

9. Caroline Flammer, Aleksandra Kacperczyk, « Corporate social responsibility as a defense against knowledge spillovers: evidence from the inevitable disclosure doctrine », *Strategic Management Journal*, 2019, vol. 40 (8), pp. 1243-1267.

10. Paul C. Godfrey, Craig B. Merrill, Jared M. Hansen, « The relationship between corporate social responsibility and shareholder value: an empirical test of the risk management hypothesis », *Strategic Management Journal*, 2009, vol. 30 (4), pp. 425-445.

11. Yung-Ming Shiu, Shou-Lin Yang, « Does engagement in corporate social responsibility provide strategic insurance-like effects? », *Strategic Management Journal*, 2017, vol. 38 (2), pp. 455-470.

12. June Cotte, Richard Ivey, Remi Trudel, « Socially conscious consumerism: a systematic review of the body of knowledge », Network for Business Sustainability, 2009. Voir aussi le résumé en ligne « Comment faire progresser la consommation responsable? », [https://redd.nbs.net/articles/comment-faire-progresser-la-consommation-responsable-?rq=cotte].

13. Robert G. Eccles, Ioannis Ioannou, George Serafeim, « The impact of corporate sustainability on organizational processes and performance », *Management Science*, 2014, vol. 60 (11), pp. 2835-2857.

14. Rodolphe Durand, Luc Paugam, Hervé Stolowy, « Do investors actually value sustainability indices? Replication, development, and new evidence on CSR visibility ». *Strategic Management Journal*, 2019, vol. 40 (9), pp. 1471-1490.

15. Source AFP, « Climat: les gérants d'actifs américains pointés du doigt pour leur inaction », *Les Échos*, 4 novembre 2019, [https://www.lesechos.fr/finance-marches/gestion-actifs/climat-les-gerants-dactifs-americains-pointes-du-doigt-pour-leur-inaction-1145116].

16. Voir le site du Business Roundtable, [https://opportunity.businessroundtable.org/ourcommitment/].

17. Voir le livre blanc de septembre 1997 « Statement on Corporate Governance », émis par The Business Roundtable, [http://www.ralphgomory.com/wp-content/uploads/2018/05/Business-Roundtable-1997.pdf].

Chapitre 6 : L'entreprise confrontée à la réalité

1. Kate Raworth, *La Théorie du doughnut, l'économie de demain en 7 principes*, (trad. Laurent Bury), Paris, Plon, 2018.

2. Pratima Bansal, Anna Kim, Michael O. Wood, « Hidden in plain sight: the importance of scale in organizations' attention to issues », *Academy of Management Review*, 2018, vol. 43 (2), pp. 217-241.

3. Pour prolonger le débat : Rodolphe Durand, Olga Hawn, Ioannis Ioannou, « Willing and able: a general model of organizational responses to normative pressures », *Academy of Management Review*, 2019, vol. 44 (2), pp. 299-320.

4. Voir le site des Nations unies, [https://www.un.org/sustainabledevelopment/fr/objectifs-de-developpement-durable/].

5. Elinor Ostrom, Éloi Laurent, « Par-delà les marchés et les États : La gouvernance polycentrique des systèmes économiques complexes », *Revue de l'OFCE*, 2012, vol. 120 (1), pp. 13-72.

6. Nassim Nicholas Taleb, *Le Cygne noir, la puissance de l'imprévisible*, (trad. Christine Rimoldy), Paris, Les Belles Lettres, 2020.

III
ENTRE SHAREHOLDER ET STAKEHOLDER : LE TROISIÈME RÉCIT

Chapitre 7 : L'entreprise élargie

1. Rodolphe Durand, *Organizations, Strategy, and Society: The Orgology of Disorganized Worlds*, Abingdon (UK), Routledge, 2014.

2. Rodolphe Durand, *La Désorganisation du monde*, Lormont, Le Bord de L'Eau, coll. « Mondes marchands », 2013.

3. Cf. chapitre 4, note 11.

Chapitre 8 : Vers une performance multicritère

1. Voir les divers propos et écrits de Jean-Marc Jancovici, notamment son intervention à Sciences Po du 29 août 2019 « CO2 ou PIB, il faut choisir », [https://www.youtube.com/watch?v=Vjkq8V5rVy0&ab_channel=Jean-MarcJancovici].

2. Joseph E. Stiglitz, Amartya Sen, Jean-Paul Fitoussi, « Rapport de la Commission sur la mesure des performances économiques et du progrès social », [http://

www.oree.org/docs/actualite/docs-pour-ch/rapport-stiglitz-sen-fitoussi-fr.pdf]. Ce rapport s'inspire de l'indicateur du programme des Nations unies pour le développement (PNUD), élaboré au début des années 1990 par une équipe dirigée par le prix Nobel Amartya Sen et l'économiste pakistanais Mahbub ul Haq, et qui combine espérance de vie, niveau d'éducation et PIB par habitant en termes de parité de pouvoir d'achat. D'autres indicateurs ont nourri la réflexion également : PIB vert, IBED (bien-être durable), IPV (progrès véritable), ISS (santé sociale) IBEE (bien-être économique), BIP 40 (baromètre des inégalités et de la pauvreté), BNB (bonheur national brut), index OCDE du mieux-vivre (*OECD Better Life Index*), etc.

3. OCDE, *How's Life? 2020: Measuring Well-being*, Paris, Éditions OCDE, 2020 [https://doi.org/10.1787/9870c393-en].

4. À noter que de tels indices existent déjà et que des initiatives proposent de nouveaux modes de comptabilité : cf. Impact-Weighted Accounts initiative de Harvard Business School [https://www.hbs.edu/impact-weighted-accounts/]

5. Mark R. DesJardine, Rodolphe Durand, « Disentangling the effects of hedge fund activism on firm financial and social performance », *Strategic Management Journal*, 2020, vol. 41 (6), pp. 1054-1082.

6. Mark R. DesJardine, Rodolphe Durand, « La vérité sur l'impact des fonds spéculatifs activistes », *Harvard Business Review France*, 25 janvier 2020, [https://www.hbrfrance.fr/chroniques-experts/2020/02/29317-la-verite-sur-limpact-des-fonds-speculatifs-activistes/].

7. Mark R. DesJardine, Emilio Marti, Rodolphe Durand, « Why activist hedge funds target socially responsible firms: the reaction costs of signaling corporate

social responsibility », *Academy of Management Journal*, à paraître en 2021.

8. Julie Segal, « Activist hedge funds can smell greenwashing, Study finds », *Institutional Investors*, 25 juin 2020.

9. Christian Gollier (dir.), *The Economics of Risk and Uncertainty*, Cheltenham (UK), Edward Elgar Publishing Ltd., coll. « The International Library of Critical Writings in Economics », 2018.

Chapitre 9 : Vers un nouveau modèle européen

1. Pascal Demurger, *L'entreprise du XXIe siècle sera politique ou ne sera plus*, La Tour d'Aigues, L'Aube, 2019.

2. Thomas M. Jones, « Instrumental stakeholder theory: a synthesis of ethics and economics », *Academy of Management Review*, 1995, vol. 20 (2), pp. 404-437.

3. Thomas M. Jones, Jeffrey S. Harrison, Will Felps, « How applying instrumental stakeholder theory can provide sustainable competitive advantage », *Academy of Management Review*, 2018, vol. 43 (3), pp. 371-391.

4. Robert Phillips, *Stakeholder Theory and Organizational Ethics*, San Francisco (USA), Berrett-Koehler Publishers Inc., 2003.

5. Eugene F. Fama, « Market forces already address ESG issues and the issues raised by stakeholder capitalism », *Promarket*, 25 septembre 2020, [https://promarket.org/2020/09/25/market-forces-esg-issues-stakeholder-capitalism-contracts/].

6. Notons ici que d'autres conceptions de l'entreprise que celles proposées par la théorie de l'agence existent et sont disponibles pour fonder ce récit tiers. Par exemple, l'approche comportementale des organisations, héritée de l'école de Carnegie. Herbert Simon, prix Nobel d'économie

en 1978 est également un cybernéticien et concepteur d'intelligence artificielle (prix Turing, 1975). On lui doit la notion de rationalité limitée et une conception des entreprises appelée « théorie comportementale de l'organisation ». Voir aussi notes 7 à 10 ci-dessous.

7. Richard M. Cyert, James J. March, *A Behavioral Theory of the Firm,* Englewood Cliffs (USA), Prentice-Hall, 1963, pp. 169-187. À noter que cet ouvrage a fait l'objet de nombreuses rééditions, toutes en anglais.

8. Plus récemment : Philip Bromiley, *The Behavioral Foundations of Strategic Management*, Hoboken (USA), John Wiley & Sons Inc., 2004.

9. Une autre conception de l'entreprise repose sur une analyse institutionnelle des logiques d'actions qui structurent toute société humaine, voir Rodolphe Durand, *La Désorganisation du monde, op. cit.*

10. Luc Boltanski, Laurent Thévenot, *De la justification, les économies de la grandeur*, Paris, Gallimard, coll. « NRF Essais », 1991.

11. Rodolphe Durand, Jean-Philippe Vergne, *L'Organisation pirate, essai sur l'évolution du capitalisme*, Lormont, Le Bord de l'Eau, coll. "Mondes marchands", 2010.

12. Pour une synthèse sur la performance sociale, voir le rapport édité en 2019 par le HEC-Society & Organizations Center : Rodolphe Durand, Zachariah Rodgers, Sookyoung Lee, « Social Impact Assessment Strategy Report », [https://www.hec.edu/en/faculty-research/centers/society-organizations-institute/think/social-impact-assessment-report].

13. SASB : Sustainability Accounting Oversight Board ; GRI : Global Reporting Initiative ; IIR : Institutional Investors Roundtable ; IASB ; International

Accounting Standards Board ; IFRS : International Financial Reporting Standards.

14. Simon MacMahon, « The challenge of rating ESG performance », *Harvard Business Review*, septembre-octobre 2020, [https://hbr.org/2020/09/the-challenge-of-rating-esg-performance].

15. Stephen Wilmot, « How to navigate the fog of sustainable investing », *The Wall Street Journal*, 7 septembre, 2020, [https://www.wsj.com/articles/how-to-navigate-the-fog-of-sustainable-investing-11599470197].

16. Aaron K. Chatterji, Rodolphe Durand, David I. Levine, Samuel Touboul, « Do ratings of firms converge? Implications for managers, investors and strategy researchers ». *Strategic Management Journal*, 2015, vol. 37 (8), pp. 1597-1614.

17. Constatons l'amertume de John Elkington ayant conçu, au milieu des années 1990, le principe de la « *Triple bottom line* » censé représenter l'engagement volontaire des entreprises à formuler leurs résultats économiques, environnementaux et sociaux. Face à l'absence de diffusion de l'idée de façon suffisamment ample, John Elkington écrivait dans la *Harvard Business Review* en juin 2018 : « *25 years ago, I coined the phrase "triple bottom line". Here's why it's time to rethink it.* » Il concluait, un peu amer : « Tous les modèles aujourd'hui proposés demeureront insuffisants tant qu'ils n'auront pas atteint une échelle et un rythme d'application appropriés – une initiative radicale nécessaire – pour nous arrêter tous dans la surexploitation des limites de notre planète. »

John Eklington, « 25 Years ago I coined the phrase "Triple bottom line." Here's why it's time to rethink it », *Harvard Business Review*, 25 juin 2018, [https://hbr.org/

2018/06/25-years-ago-i-coined-the-phrase-triple-bottom-line-heres-why-im-giving-up-on-it].

18. Les grandes agences de notations financières sont également à la pointe du reporting extra-financier (MSCI, Moody's, ou Standard & Poor's sont très présents en Europe suite à des rachats multiples de grands acteurs nationaux tels que Vigeo Eiris en France ou RobecoSAM en Suisse). Voir aussi : « L'Europe doit définir ses propres normes extra-financières, plaide l'exécutif », *Le Figaro* AFP, 7 décembre 2020, [https://www.lefigaro.fr/flash-eco/normes-extra-financieres-l-europe-ne-doit-pas-laisser-les-etats-unis-faire-la-loi-20201207].

19. Rapport de Patrick de Cambourg, Charlotte Gardes et Valérie Viard pour le compte du ministère de l'Économie et des Finances, « Garantir la pertinence et la qualité de l'information extra-financière des entreprises : une ambition et un atout pour une Europe durable », mai 2019, [https://www.vie-publique.fr/rapport/267813-linformation-extra-financiere-des-entreprises-une-ambition-et-un-atout].

Remerciements

Nous adressons ici tous nos remerciements à l'ensemble des personnes qui nous ont aidés au cours du temps à forger nos idées et nous ont accompagnés dans ce travail.

Avant tout, la communauté des acteurs ayant participé depuis douze ans (et plus) aux réflexions sur la définition juridique de l'entreprise, qu'ils soient juristes, dirigeants, entrepreneurs, salariés, collaborateurs, professeurs... Nous ne pouvons pas tous les nommer mais ils se reconnaîtront !

Un grand merci aux Éditions Flammarion pour nous avoir accueillis et tellement aidés. Que Sophie, Virginie et Laurence soient ici dûment reconnues pour leur confiance et leur travail méticuleux. Une mention spéciale revient à Laurence pour son dynamisme, son intransigeante bonne humeur et son professionnalisme sans lesquels ce livre serait bien différent.

Notre gratitude s'étend aux lecteurs et commentateurs des différentes versions de ce travail. Du côté de l'Institut Society & Organizations d'HEC Paris, nous exprimons nos plus sincères remerciements pour les minutieux points soulevés par Bénédicte, Cécile, Daria, François et Nicolas, que nous nous sommes efforcés de patiemment traiter dans les versions successives de cet ouvrage. Du côté de Veolia, Dinah, Nicolas, Olivier et Pierre ont largement contribué à l'édifice. Merci à tous.

Enfin, merci, chères lectrices et chers lecteurs, de partager avec nous ce nouveau récit.

Table

Introduction 7

Partie 1
HARO SUR L'ENTREPRISE

Chapitre 1. Le divorce 23
Chapitre 2. Splendeur de l'entreprise actionnariale (1980-2008) 33
Chapitre 3. La décennie pivot : le déboîtement du modèle de l'entreprise actionnariale (2008-2020) 53

Partie 2
LES PRÉMICES D'UN RETOURNEMENT

Chapitre 4. Des politiques en mouvement....... 73
Chapitre 5. Changement de pratiques à la table du conseil d'administration ?....... 95
Chapitre 6. L'entreprise confrontée à la réalité ... 119

Partie 3

ENTRE SHAREHOLDER ET STAKEHOLDER :
LE TROISIÈME RÉCIT

Chapitre 7. L'entreprise élargie, une entreprise plus forte 145
Chapitre 8. Vers une performance multicritère... 169
Chapitre 9. Vers un nouveau modèle européen... 195

Conclusion 215
Notes.. 221
Remerciements 237

Imprimé à Barcelone par:
CPI Black Print

Composition et mise en pages
Nord Compo à Villeneuve-d'Ascq

N° d'édition : L.01EHBN001207.N001
Dépôt légal : septembre 2021